Blue Monday（憂鬱星期一）真有其事。

據臺灣衛生署統計，星期一是一週中自殺率最高的一日；

以性別來說，男多於女；以年齡來看，則集中在中壯年。

此外，上班族在星期一總會特別憂鬱，心情低落。

因星期一是每週假期過後的第一個工作天，

在這天，要收拾假日愉悅心情，重新面對工作壓力，總讓人覺得難過。

X！又是星期一

傑洛米 著

能者多過勞，我們只有苦勞，沒有功勞

現在的自己，已經變成了過去自己眼中討厭的那個人了

每個星期一，就是上班修羅場的開幕式

目錄

序幕

「你這個月的業績還差二十萬，告訴我該怎麼辦？」主任又在會議上拍桌了。

「我……我會想辦法。」周毅怯生生地回答。

「想辦法？想什麼辦法？每個月都是你的業績最差，我還要幫你揹多少黑鍋?!」黑鍋兩個字，主任幾乎用吼的。

「我知道，我下個月手上還有幾個客戶……。」周毅還想為自己辯駁幾句。

「下個月？這個月你已經死了，還有下個月嗎？你看過有死人爬起來跑業務的嗎？」

就這樣，被罵死人的周毅在會議上狠狠地被轟了五分鐘，死了還得被鞭屍一頓。

這已不是他第一次在會議上被狗幹了。達到業績從沒一句稱讚，但只要有一個月業績不到，免不了就得忍受這些人性屈辱。

有很多次，周毅都想站起來，直接朝那張因為酒喝太多而腫脹的肥臉一拳。但想到自己上有高堂要養，下有貸款要付，這一切的一切，他都忍了。

被罵時，他也只好選擇當個死人。

就在周毅享受完這頓狗血淋頭之後，業務會議也快結束了。正想摸摸鼻子起身走人時，主任開口了：「周毅，你留下來。」

周毅心中忽然泛起了一陣不祥的預感。

「周毅，我直說了吧，上面說我們的人事費用太高，要精簡。今年你的業績達成率最差，我也保不住你，你就做到今天吧！」主任心平氣和講完，但周毅卻覺得自己腦充血了。

「主任，可不可以……再給我一次機會？」周毅努力穩定心神，勉強迸出這句話。

「你也知道業務單位凡事看績效，這是總監的意思，我只是公事公辦而已，很抱歉。」講完這句話，主任要起身了。

『為什麼？為什麼是我？明明有人業績比我差，為什麼每次都要拿我當箭靶？看我好欺負嗎？』想到自己這麼多年的忍耐，最後只換來一句公事公辦。忽然之間，周毅的情緒從震驚，不甘心，轉變成憤怒。

極度的憤怒！

「既然你要裁我，我跟你同歸於盡！」周毅忽然怒吼了一聲，順手抄起筆記本，直接扔向主任。

死人也會逆襲的！

主任第一時間沒有反應過來，被筆記本丟個正著。「你想幹嘛……?!」話還沒說完，周毅拿起白板筆，繼續往主任身上招呼，然後是板擦，最後竟然將整塊白板直接扛起來，往主任身上砸。

「你冷靜一點，有話好說……！」主任東閃西躲，拚命想往門口跑，但周毅已先一步擋在門口，嘴巴不斷喊著：「你不是要公事公辦？來呀！過來站在我面前再說一次！」

白板丟完，眼下會議室裡再也找不到東西可丟了，周毅右手準備拿起投影機，這才發現三點四公斤好像有點重。

周毅雙手並用，把投影機舉了起來。

這次他學乖了，要丟之前先瞄準了一下，還做了個假動作，把主任的重心騙起來以後，這臺市價七萬元的商用投影機，不偏不倚地砸中主任的身體，只見他悶哼了一聲就倒在地上。

看到他掙扎地想爬起身反抗，周毅順手抓起旁邊的折凳，往主任頭上重擊。「得罪了方丈還想走，沒那麼容易！」周毅擺出十八銅人的架式。

價值七百元不到的折凳，就這樣一下一下砸在主任頭上，殺傷力顯然比投影機大很多。便宜好用，怪不得被列為「七大武器之首」。

主任被折凳扁到喊不出聲，但扁人的聲響實在太大，有人忍不住敲門進來。

周毅停了下來。是總監。

『**天堂有路你不走，地獄無門你送上門！**』周毅打紅了眼，折凳一抄就往總監的頭揮過去，還不忘回頭踹了主任兩腳。

總監胖雖胖，身手倒挺機伶，順手把門一帶，向外一邊狂奔，一邊大喊救命。

周毅拿起折凳追了出去。「你不是想裁我？過來面對呀！」旁邊男同事見狀，幾個人順勢把周毅撲倒在地……。

然後，周毅就摔到床底下了，手裡還緊握著枕頭不放。

這是周毅近幾個月來第N次在夢中把老闆幹掉了，還記得上次是拿滅火器，上上次用花瓶，最爽快的那一次是用不知道哪跑出來的衝鋒槍，幹掉了一堆狗雜碎……。

周毅打了個哈欠，剛剛的體能運動讓他現在手臂還有點痠痛。現實生活中的他非常能幹，但這並不表示他沒有海K老闆一頓的想法。

就好像老闆罵員工從來不需要藉口，員工想扁老闆也不需要理由一樣。

周毅瞄了一眼牆上的鬧鐘：八點五十分。

「靠北！今天早上九點半總經理要開全員會議呀！」看來他得用最快的時間，確保自己在總經理踏進會議室前就定位。「下次作夢應該來扁總經理才對！」

今天星期一，也是周毅進公司的第五十三個星期一，正好滿一周年。

壹、菜鳥入林

時間：約莫一年前　／　地點：《贏家周刊》

「你對自己的第一份工作，有什麼自我期許？」

面試官看著周毅，緩緩地提出一個問題。

經歷了這麼多面試以後，周毅第一次覺得，

他想真心回答這個問題。

@?%#!

MONDAY

01 話説從頭

周毅，朋友都叫他小毅。出身平凡家庭，畢業於平凡大學，跟大多數人一樣，只是個平凡人。若沒有意外，剛退伍的他接下來會找到一個平凡的工作，然後會有一個平凡家庭，過著平凡的一生……。

不過現在，身為職場新鮮人，周毅的工作卻找得並不順利，卡關了。正確地說，是嚴重卡關了。相繼在幾個人力銀行網站登錄履歷後的幾個月，周毅的第一份工作，直到現在仍沒有著落。

最初，周毅信心滿滿地將履歷上的欄位填滿，甚至動用chatGPT來代筆那些申論題，畢竟AI時代嘛，經歷不夠，AI來湊！

如果周毅知道，在過去企業用人力篩選一份履歷平均只花三十四秒的時間，現代企業用上了AI來判讀那些用AI生成的履歷，工作求職成了機器人VS.機器人的諜對諜。

過去三個多月了，周毅主動投遞了一百多封履歷，回應率卻低得可憐，很多他所投遞的履歷，甚至完全沒有被企業開啟。生成式ＡＩ能幫你生成一份履歷，但無法生成一份工作機會。

就算通過三十四秒的考驗，好不容易盼到了面試機會，也不要高興得太早，因為企業面試平均在十九分鐘內，就決定要不要錄用面試者。對周毅而言，十九分鐘用來說服一個陌生人，證明自己是個可靠、樂觀、耐操又有擋頭的求職者，難度卻相當高。

結論是，周毅必須祈禱自己的履歷先通過三十四秒的考驗，然後在「黃金時間」內面試成功——二十分鐘內定生死。

光用想的，就讓周毅頭皮發麻。

投履歷沒回應，就像是海難生還者漂浮在汪洋大海裡，等待船隻把自己拉上去；而面試失敗，就像是救難船放了一條繩子下來，原以為要拉你上船，但他們看了看，又狠狠地把你一腳踢回海裡那樣無情。

掐指一算，直到現在，周毅一共也被踢下船七次了。

第一次面試，他去應徵一家公司的企畫助理，談完之後周毅滿心期待，一個星期後就收到一封感謝信函：

「非常感謝您參加本公司企畫助理的應徵，面試人員對您各方面的優秀條件，均感覺印象深刻。（重點來了）可惜因應徵者眾多，考量實際工作內容與職務需求，在我們審慎的評估與艱難的決定後，很抱歉未能提供您前來本公司服務的機會。」

最精采的應該是這一句：「對您，我們頗有遺珠之憾，希望您諒解。」

看到這封感謝信函，周毅忽然覺得這文法似曾相識：「你很優秀，但我們不適合。」想了一下，這不就是好人卡嘛？

收到好人卡都讓人感到格外難過，不管是談戀愛還是找工作，都一樣。

為了讓自己在「黃金時間」表現得更好，周毅特別去找了在電視臺工作的學長喝咖啡，順道問一問有哪些需要注意的細節。

「最重要的是心態！」學長說。「把面試當作去試鏡就對了！」

「試鏡？難道這一切都是一場戲？」周毅咕噥。

「對！面試就是你的獨角戲。」學長讚許地點點頭。「面試官要錄取的，是他心中期待的角色，並不是真實的你。」學長點起了一根菸，接著補充。

「要記住，你只有十九分鐘，爭取面試官的好感。」黃金時間這理論，周毅就是從學長那聽來的。

怪不得！像前一場面試氣氛還滿好的，可快要結束時面試官瞄到周毅的成績單，順口問了一個問題：「你大一的國文怎麼會被當掉咧？」

周毅沒有提防，老實地回答：「因為當時都在打工，有時候會忘記去上課……。」

面試結束。謝謝你今天跑一趟過來。請到櫃檯領取好人卡，不送！

「你白痴呀，怎麼會這麼講話呢？」學長差點嗆到。

「不然你會怎麼回答？」周毅有點不服氣地反問。

「應該回答說我原本打算念研究所，就讓國文當掉，想說延畢準備考試。但後來我還是決定直接進入職場磨練，於是就把國文補修完畢業……。」學長說完，朝虛無的天際吐了一口煙圈。

忽然之間，周毅好像有點開竅了。他或許是一個拙劣的演員，但學長卻是一個優秀的導演。

於是在現場，周毅與學長兩人開始演練了起來。

「周毅先生，請問您的優點是什麼？」

「我覺得自己是個完美主義者，做任何事情我都想做到最好……。」

「周毅先生，您的缺點是什麼？」

「我常常覺得自己太過追求完美，有時候會有點偏執……。」

「周毅先生，您有沒有印象最深刻的失敗經驗？」

「記得以前打工的時候，我常常因為自己太追求完美，給同事很大的壓力……。」

「周毅先生，我們公司為什麼要錄取你？」

「我認為我追求完美的性格，將會為貴公司帶來最大的利潤……。」

「幹！答案記得要改一下啦！」學長又吸了一口菸。「不過差不多就是這個意思。」

相同的文字可以變化出不同的詮釋，黑的講成白的，給我一個支點我就可以把地球撐起來，說話還真是一門大學問。

「職場就是口腔彈道學的實踐啦！」學長作了結論。

「口腔彈道學，什麼意思？」周毅聽不懂。

「口腔彈道學，別名嘴砲。」學長把菸擰熄，拍拍周毅。「或許你可以把它填在履歷的專長中。」

只不過周毅還來不及修改履歷，隔天就接到一通電話，是個聲音清脆的女生：「周毅先生，這裡是《贏家周刊》，我們想要請你下週一來我們這裡面試。」

『**我如何在黃金時間內精準演出口腔彈道學？**』周毅為第八次的面試定了調。

02 口腔彈道學實戰演練

《贏家周刊》隸屬於知名的「贏在當下出版集團」，是那種說出名字，人家會發出連續兩聲很怪的「喔」的知名刊物。該周刊具有相當大的影響力，不少企業老闆、高階主管，乃至有志於向上提升的市井小民都是其忠實讀者。畢竟這年頭，想贏的人實在太多了。

「我們只賣贏！」這是《贏家周刊》的口號。嗯，周毅看著懸掛在氣派大廳裡的匾額，發出讚嘆的嘖嘖。

從學生時代，周毅就是《贏家周刊》的讀者。所以當他看到《贏家周刊》釋出廣告ＡＥ的職缺時，即使他不知道什麼是ＡＥ，但仍想去碰碰運氣。

當時，他只覺得兩個母音疊在一起的英文單字聽起來很酷，並沒有想到這種大公司竟會看上自己。

講完電話後，周毅趕緊上網估狗一下：原來ＡＥ是業務（Account Executive）的洋文說法，廣告ＡＥ其實就是廣告業務。雖然意思相同，但ＡＥ聽起來就是比較前衛的感覺。

類似的用法還很多，產品經理（Product Manager）叫PM，研發人員（Research & Develop）叫RD，人資（Human Resource）叫HR，總經理（General Manager）是GM。

「不懂這些行話，就顯得自己很遜。」周毅心想。

英文縮寫就算了，有些公司的職稱還真是莫名其妙。

例如總機，改叫「企業形象顧問」，電梯小姐變成「垂直運輸規畫經理」，量販店補貨員叫「全方位運籌管理師」，洗窗工人是「視覺清潔主任」。

「通貨膨脹的年代，連職稱也跟著膨脹，唯一不漲的是薪水。」學長如此解讀。

星期一早上九點半，周毅提早到了《贏家周刊》。會議室外約有十來個年輕人，大家坐在一個小房間等待，彼此之間沒有多餘的客套，甚至連眼神都沒有交會，感覺殺氣很重。

因為人力銀行上寫得很清楚：需求人數六人。

意思很清楚，船上只有六個名額，其餘人將被殘酷地踢回海裡。

周毅默默用眼神掃視這些求職者，有些看來比他還緊張，一副坐立難安的樣子；有些看來氣定神閒，只是默默翻閱架上的《贏家周刊》；另有幾個非常亮眼的女孩子，也在等待的行列中。

『業務果然是份好工作！』周毅的戰鬥指數瞬間提高了不少。

面試者一個接一個進會議室，然後又一個接一個走出來，有點像在排隊看病。經過一輪等待，一位有點年紀的大姐，出來喊了周毅的名字，周毅三步併兩步進了小房間！

會議室的牆上，高掛著「我們只賣贏！」的標語，顯得格外刺眼。

周毅看了一眼面試官，面試官年紀最少有五十多歲了。「長官好，我叫周毅，請多多指教。」所謂伸手不打笑臉人，看到老人家，嘴巴甜一點準沒錯。

面試官一直沒抬頭，眼鏡很隨性地掛在頭上，顯然是因為老花。他直盯著周毅的履歷好幾分鐘，看得他心裡毛毛的。

終於，面試官開口了。

「我是雄主任。」對方緩緩地開口。

「主任您好，我叫周毅，請多多指教。」像錄音機一樣，周毅把剛剛的話又重播了一遍。

只見雄主任鼻腔發出「哼」的一聲，把他嚇出一身冷汗。

「你是平凡大學畢業的？」雄主任接著問。

「報告是！」周毅挺起胸回答。

「我們總經理也是平凡大學畢業的。」雄主任把眼鏡戴回來，看了他一眼。

「嗯！很榮幸總經理是我們學校的校友。」周毅高興了一下，這樣有加分嗎？

不過喜悅大約只維持一秒，只見雄主任冷冷地回：「但我最討厭的就是平凡大學畢業生……。」聽到這個答案，周毅的肛門忽然一緊，他每次緊張都會這樣。

『真的是趴著也中槍，真倒楣。』周毅哪裡知道平凡大學也會惹到您老人家呀。

又是一陣尷尬的沉默，周毅瞄了一下手錶，「黃金時間」已經用去九分多鐘了！

「為什麼要來應徵這份工作？」主任終於又開金口了。

『因為沒有其他機會。』周毅心裡雖然這麼想，但嘴巴說的卻是截然不同的話語：

「我對廣告ＡＥ這份工作一直抱持高度興趣（天曉得幾天前才知道什麼叫ＡＥ），《贏家周刊》是業界領導品牌（萬惡贏為首），如果公司雇用我的話，我一定會用心地學習……。」

「學習？公司花錢是要你來做事，不是讓你來學習的！」雄主任不客氣地打斷，周毅最後一句「未來可以為公司做出貢獻」的臺詞，只好硬生生吞進肚子裡。

他現在唯一能確定的，大概就是雄主任真的很討厭平凡大學的學生。他的括約肌收縮越來越嚴重，覺得自己屁股又要捱一腳了。

「你對自己的第一份工作，有什麼自我期許？」面試官看著周毅，黃金時間只剩五分鐘。

『第一份工作？工作找了這麼久，面試也這麼多次了，現在有公司要我就是萬幸了，我還能有什麼期許？』聽到這個問題，周毅心中五味雜陳。

嘴砲這麼久，周毅是第一次覺得，他想真心回答這個問題。

「我想要作出一番大事業。」周毅一字一句地說，這句是真心話，可惜沒什麼創意。

黃金時間到！主任把老花眼鏡推回頭上，抽出下一份履歷，看起來要發卡了！

「等一下！」周毅下意識舉起手。「主任我還有話要說。」

『白痴，我根本沒話要說呀！』周毅暗罵了一聲，卻見主任又把眼鏡戴回來，看著周毅。

周毅看了一眼「我們只賣贏」，既然爭取到延長賽了，好歹也該表現出一點體育精神。

反正工作大概沒希望了，周毅穩定心神，選擇單刀直入：

「雄主任，我不知道您對平凡大學有什麼意見，但請不要因為我的平凡而看輕我。」周毅停頓了一下。「因為我知道自己很平凡，所以我更願意把這份工作的每一件事情做到最好。」

「現在的我，缺的只是一個機會。」周毅定睛看著雄主任，要殺要剮隨您便吧。

雄主任沉默了一會兒。意外地，沒再繼續找周毅麻煩，只是順手朝身後指了指，示意周毅往裡走。

「進去吧！第二關面試正在裡面等著呢。」雄主任又把老花眼鏡推回頭上，繼續看著下一位的履歷。

死裡逃生的周毅，戰戰兢兢走進另一個大房間。

這一關的面試官共有三位，其中有一位是女的，只是三位面試官的年紀加起來，恐怕超過一百五十歲。

周毅心裡嘀咕了一下，這個面試團隊的平均年齡未免也太大了吧？剛剛就已經被雄主任嚇得屁滾尿流了，現在一口氣得ＰＫ三個！他只好在心中暗自祈禱括約肌能夠堅強一點，別在這個時刻失禁。

周毅趕緊就定位，上半身打得筆直，目不斜視，板凳只坐三分之一，有力的「三位長官好」脫口而出。

三位面試官都笑了，氣氛稍微緩和了些。

「你面試過幾次了？」中間的面試官開口先問，他的體型有點，不，是很胖。

『八次。』這個答案很明顯是不及格的，就好像女孩子問你交過幾個女朋友，你一定要很長眼地把數字打對折——有需要還要再對折。

周毅很快打出一張安全牌：「這是第三次！」

「哦？那前兩個面試結果如何？」胖子面試官繼續發問，不知為何讓周毅想笑，他只能盡量讓自己嘴角的弧度看起來像是胸有成竹。

「第二個面試原本通知我下星期上班，但因為《贏家周刊》是我大學時代最喜歡的刊物，我實在無法拒絕這一次的面試機會。」

明明手上什麼牌也沒有，但周毅還是勇敢喊了聲梭哈，打出賭術界最高段的「偷雞」。果然是富貴險中求，黃河入海流。

「你有沒有什麼遇到挫折的經驗？怎麼解決的呢？」面試官繼續問。

『挫折？幾個月還沒找到工作算嗎？』周毅心想，當然他不是這麼回答的。

「大學時，系上畢展一度因經費問題無法舉辦，但後來我與畢聯會同學不斷努力下，才在最後關頭順利找到贊助商，讓畢展可以順利承辦！」

很好！有攻有守的答案！既說明了自己遇到的挫折，又提出了解決方法。

這答案只有一點不是事實——平凡大學根本沒有畢展這玩意兒。

右邊的主考官終於開口說話了！「你會喝酒嗎？」問題出來了，題型卻有點奇怪。

正常來說，口腔彈道學只限於申論題，並不適用於一翻兩瞪眼的是非題，除非你知道面試官想要知道什麼，不然隨便亂選有可能會選到大白鯊。

周毅提高警覺，想了一下才回答。

「偶爾跟朋友在一起聚會的時候才會喝酒，平常不太有這些習慣。」周毅急中生智，隔空打出一招嘴砲太極拳，說會也會，說不會也不太會。

「業務常常需要應酬，不會喝酒的人，業務一定做不好。」類似的觀點周毅在軍中時曾聽長官說過。他贊同喝酒可以看出一個人的性格，但卻不太同意不會喝酒的業務一定做不好的邏輯。

當然，他嘴巴是這麼回答的：「長官說得是，我會回家練習。」

「你對這份工作有什麼期許？」一樣的問題，但周毅這次想要變換個口味。

「一個成功的廣告業務，就是要為公司創造利潤，公司如果賺錢，我們也能跟著賺錢。」周毅一口氣說完。「我有信心，我會成為一個賺錢的業務。」

三位長官讚許地點點頭，尤其胖子面試官點頭如搗蒜，笑得十分開心。

周毅也笑了——第一次，他覺得面試有希望了。

唯一的那位女主管終於提問了：「你有女朋友嗎？」這也是一個讓周毅傻眼的問題。『該不會這裡只用單身的吧？』周毅想了一下，沉聲說：「有！」

這位女主管接著笑笑地說：「我們這裡是責任制，不過業務需要寫案子，可能會需要加班，沒問題吧？」

聽到這番話，周毅鬆了一口氣，很快地回答：「絕對沒問題！」

「我們的起薪都是一視同仁，想要多賺錢，就得靠自己的業務獎金。只要努力，在這裡的同仁，業務獎金都是百萬起跳。」胖面試官又開口了。

「所以一視同仁的底薪是多少？」雖然說談錢傷感情，但周毅還是大膽開口。

「起薪二七四七〇，業績獎金多少就看你的本事。」薪資完美緊貼最低工資，絲毫沒有不像是一家只賣贏的公司。。

不過更讓周毅受傷的，是一年後他才知道《贏家周刊》的起薪並非齊頭，只要敢開口還價，起薪差個幾千元是家常便飯，最高還有差上一倍的，周毅還是被唬住了。

「那麼，下禮拜來上班，沒有問題吧？」胖長官作了結論。「我是林總監，下週一來找我報到。」

「謝謝長官，我不會讓你們失望的！」周毅起身跟三位面試官一一握手。

人家說，戲棚底下站久就是你的，衰運一旦過了某個奇妙的轉折，也會開始谷底翻紅。沒想到抱著姑且一試的心態，夢寐以求、也是唯一的工作機會竟然就手到擒來。

離開《贏家周刊》後，周毅的心情High翻了天，他撥了通電話給女友，告訴她這個喜訊，然後迫不及待打給學長：

「學長，我上了！」周毅的聲音藏不住喜悅。

「上了？上了誰？」他馬的，學長總是這麼低級。

「我是說《贏家周刊》的面試，我錄取了！」周毅耐著性子回答。

「終於呀，恭喜你了。」學長淡淡地說。

「多虧你的建議，我今天面試表現超屌的！」周毅說。

「別高興得太早！媒體業現在非常不景氣，你可能很快又需要面試了。」學長又潑了一頭冷水下來。

管他的！現在的周毅，只想好好享受這份喜悅。

「我會在這裡，闖出自己的事業！」看著《贏家周刊》的大樓，周毅在心中對自己說。

03 蓄勢待發

等待了這麼久，周毅終於有了一份工作，正式成為臺灣一千萬上班族的其中一員。正式報到前，他跟幾個好同學約了吃飯，順便交換一下近況。有人跟周毅一樣找到工作了，總算放下了心中大石；有些還在失業的大海裡載浮載沉，心情不是很好。

大夥約在「彊毒」吃串烤加喝啤酒，對一群剛退伍又想喝酒的窮鬼來說，「性價比」向來是消費的最高指導原則。

「幾個月下來每天都在等結果，好像在等法院宣判一樣，真的好煩！」甲同學悶悶地喝了口啤酒。

「對呀！我媽也是每天問我工作找到了沒？害我現在回家就關進房間裡。」乙同學深有同感地敬了甲同學一杯。

「喂！你們到底怎麼找到工作的呀，說出來讓我們沾沾好運呀！」甲同學開口問。

「我喔！我就去行天宮拜拜呀，祈禱說再找不到工作，就要來應徵廟公了。」丙同學有點不好意思，「結果沒幾天，面試就通過了。」

「哈哈，連神仙都不要你啦！」大夥拚命虧他。

「我喔，之前面試也很不順呀，後來才應徵上一個助理的工作了！」才上班幾天的丁同學看來沒有很開心的樣子。

「周毅，你找到工作了嗎？」乙同學問。

「找到了，我下禮拜一要到《贏家周刊》上班了。」周毅回答，盡量不讓自己的聲音聽起來太驕傲。

「怎麼這麼強？」「《贏家周刊》的面試很刁難嗎？」「你面試怎麼過的？」幾位同學開始七嘴八舌等周毅回答。

「這你們就有所不知了，面試就像是試鏡一樣，面試官要錄取的，是他心中期待的角色，並不是真實的你……。」周毅清了清喉嚨，把學長那套「口腔彈道學」原封不動搬出來賣弄。

有了工作，周毅的自信跟著來了，連尾巴都翹起來了！而且目前看起來，就屬周毅的工作最體面。

「本來還很期待自己的第一份工作的，現在滿腔熱血都被澆熄了。」放下酒瓶後，甲同學還是悶悶的。

「再找不到工作，我媽叫我乾脆出國念書算了。」乙同學說。

「一定可以的啦！再多點耐性，說不定你們會找到比我更好的工作。」周毅出口安慰他們。

「學長，你怎麼這麼晚？遲到請客啦！」大夥起鬨要學長買單。

「幹！上班很忙的好不好，哪像你們這群死老百姓這麼爽！」學長走了進來，坐了下來，順手拿了串牛肉就吃。

學長很快地點了菜。「怎麼樣？大家都找到工作了嗎？」

於是大家把近況再說了一遍。

學長的酒瓶拿了起來，敬大家：「好啦！慶祝你們的人生準備進階了，這一攤我請啦！」大夥高聲歡呼，當然也毫不客氣地加點烤肉跟啤酒。

「學長，上班到底好不好玩呀？」乙同學開口問。

「上班不就是為了生活，當然是不好玩，你只能想辦法苦中作樂啦！」學長開朗地回話，周毅有時候很羨慕學長的樂觀。

「我很想趕快進入狀況，但每天進去都不知道要做什麼耶！」丁同學滿臉煩惱地問。

「上班跟上學不一樣啦！在職場沒有人有義務教你，自己要主動一點開口問人啦！」學長給了一個很實際的答案。「新人的階段苦一點，以後才有好日子。」

「學長，你出社會也一段時間了，有沒有什麼密技要教我們的？」丙同學接著問。

「職場要學的太多了，你們還小，有些事現在跟你們說也聽不懂。」學長淡淡地回答。

「不管啦！你不說怎麼知道我們聽不懂？」年輕人最討厭別人裝出倚老賣老的樣子了，一群人開始拍桌子表示抗議。

「好吧！看在大家兄弟一場的分上，我隨便教你們幾招好了，這可是我這幾年下來自己領悟的，聽不聽得進去就看你們的造化了。」學長擦擦嘴巴準備開課了，大夥紛紛把椅子往前靠。

「第一，職場的問題就是人的問題，不要只會做事不會做人。」學長開口的第一點，就讓大家都傻眼了。

「什麼意思呀？我們上班不就是去做事的嗎？」丙同學不解地問。

「我一開始也是像你一樣的想法，我是來做事，又不是來做人的。但職場的問題就是人的問題，不先搞定人怎麼可能把事情做好？正所謂先安內再攘外；先擺平人，事情就能搞定。」

周毅還在思考學長的話，甲同學就接著問：「那第二呢？」

學長又拿了羊肉串吃了一口，接著說：「在職場上，嘴巴說出來的都不是真相，多用眼睛少用耳朵。」

「這又是什麼意思？」丁同學小聲地問。

「很多人不習慣說出心裡話，所以很多時候從別人嘴巴講出口的話，其實都不是他的真正想法。所以不要輕信表面之辭，要學著多用眼睛觀察。像我一開始就是太相信表面之辭，吃了很多暗虧。」難得學長也嘆了一口氣。

『好複雜喔！』周毅心裡想，但他沒有說出口，他只是接著問：「還有第三嗎？」

「第三就是選擇！」學長忽然抬頭望向黑雲蔽日的天空，若有所思的樣子。

大家沒有催學長，只是看著學長。

學長緩慢地將視線拉回地平線，繼續說：「你們進了公司一定會遇到很多人，發生很多鳥事。但慢慢地會發現一個事實，好壞跟對錯都不是那麼絕對，好人也會做壞事，你眼中的壞人在別人看來可能是大好人。」

學長頓了一下，直接從丙同學的七星菸盒抽出一根菸，吸了一口才接著說：「正因為職場是一個大型的灰色地帶，所以未來你們一定會面臨到很多不得不的選擇。就好比這個月，老闆跟我說有個案子會虧錢，要我去把外包設計的價錢砍一半，這他媽的就是一件鳥事，但我還是要做出一個選擇。」

「那你要怎麼做？」甲同學繼續追問。

「我怎麼做不重要，重要的是當你遇到這問題時，你要怎麼做？選擇是自己的，別人怎麼做，不代表你也要這麼做。」學長拿起第三瓶啤酒。「在職場上，你要學習理解很多事情沒有對錯，人也沒有好壞，其實都是利益問題而已。」

聽完學長一席話，場面忽然變得十分沉重，大家只是默默地喝酒。

沒多久乙同學試圖出來打圓場：「看來，我還是去念書好了！」一句話講得大家都笑了，氣氛才慢慢緩和了下來。

「反正你們就記住一點，職場就是江湖，踏入職場的那一刻，你就一腳踩進了江湖，遇到事情就不能說自己是小朋友了。」學長又舉起了酒瓶。「這都是成長的代價啦，敬你們！」

大夥決定忘掉這些沉重，一起舉杯慶祝，然後開玩笑地嚷嚷著：「安心上路！」

喝完這杯酒，這群人也將踏上屬於自己的人生。

04 報到第一日

報到第一天，周毅踏著輕鬆的步伐，走進《贏家周刊》辦公室，跟幾個上週面試的倖存者，一起在會議室等待。周毅快速掃視周圍，連他自己在內一共七個人。

不知怎麼的，周毅總覺得哪裡不對勁，彷彿自己跟這裡格格不入。

雖然心裡感覺怪怪的，但周毅還是挺開心的——因為菜鳥裡面有一位正妹。

不像上禮拜，這次的肅殺氣氛少了些。或許是彼此陌生，大家你看我，我看你，氣氛有些尷尬。

當周毅還在思考如何開口跟正妹搭訕時，正妹倒是先說話了：

「你們都是今天要來報到的吧？」

「對呀！妳也是吧？」旁邊一位同梯先按鈴搶答。

「對呀，我叫小茜，你呢？」

『小茜，好可愛的名字。』周毅拉長了耳朵。

「小茜妳好，大家都叫我小潘，妳看起來像剛畢業耶！」小潘同梯繼續搶答，周毅找不到機會插話。

「呵呵，你好會說話，我都已經工作兩年了，你呢？」小茜笑起來好甜，周毅覺得有點暈眩了。

「我之前的公司很鳥，想說換到這裡試試看。妳之前在哪裡呀？」

『喂喂喂，這位同梯有完沒完？你當我們都是隱形人呀！給個機會讓我們說話呀！』

周毅不太高興，悶咳了一聲。

「我之前在廣告公司。」小茜回答，然後轉頭看了一眼周毅。「你呢？你之前呢？」

「我……我之前，嗯，我剛從國軍Online下線。」周毅說了個冷笑話。

「國軍Online？那是什麼？」小茜不解地問。

「就是剛退伍的意思啦！」小潘又搶著回答。

『他媽的誰問你了。』周毅忍不住在心裡咒罵。

「呵呵，原來是這樣呀！」小茜又笑了，「不然大家來自我介紹好了。」

『我喜歡自我介紹。』為了準備面試的必考題，周毅一共準備三十秒、一分鐘還有兩分鐘，三種自我介紹版本，周毅決定來個兩分鐘版本。

「我叫周毅，大家都叫我小毅……」只來得及說十個字，就有人進來了，是人事主任，也就是周毅面試時碰到的唯一女主管。

人事主任，人稱江姐，正如你對人力資源部的印象，就是看起來很和善，總是笑笑的，但總覺得笑容不太誠懇的感覺。

江姐把一堆表格發下來，然後就坐在旁邊看著大家填寫，一夥人也沒再講話。

過沒多久，一個嬌滴滴的大姐進來了，她瞄了所有菜鳥一眼，劈頭就說：「呵呵！這一梯很多帥哥喔！」

這位大姐叫做小鳳姐，是《贏家周刊》營廣組副主任，個性精明幹練，而且懂得在正確的時機施展女性魅力，是《贏家周刊》資深美女。

填完資料後，江姐開口了：「小茜，妳被分配到營廣組，跟著小鳳姐走吧。」

小鳳姐嘆了一口氣：「不知道什麼時候營廣組才會收帥哥呀？」說完就把小茜帶出場了。

周毅不知道營廣組是什麼單位，但他很想自願到營廣組報到。

江姐直盯著周毅看，不輕不重地說了一句：「你來逛街的嗎？」

不對勁的感覺又湧了上來，但周毅還是不知道為什麼。

十分鐘後，江姐帶著其他人（都是男生），去找總監林胖子。

林胖子的座位後面擺了尊關公，傳說中關二哥是生意人的守護神，所謂「文拜孔子，武拜關公」是也。

周毅只見林胖子眼睛盯著電腦，滑鼠不斷遊走，顯然正在忙。

林胖子頭也沒抬：「帶他們去找沈副主任，以後他們就在老沈底下那一組。」眼睛繼續盯著電腦。

周毅瞄了一下電腦畫面，是「神來也麻將」。

林胖子雖然胖了點，但他可是廣告部的總監，也是總經理、副總底下的第三把交椅，目前是《贏家周刊》廣告部的當紅炸子雞。

他旗下統籌四大組，身上扛著《贏家周刊》一半的廣告業績目標（三千萬）。處事看似公正，實際上則是和稀泥打爛仗的高手，大事化小，小事化無是林胖子行事的最高指導原則。

在前往沈副主任辦公室的路上，周毅看到了雄主任，周毅很長眼地喊了句：「長官好！」但雄主任卻一點反應也沒有，揚長而去。

雄主任是《贏家周刊》企畫主任，喜歡一首名為〈The Thousand Days〉的英文老歌，因為他在《贏家周刊》年資二十七年，正好接近一萬天，勇奪《贏家周刊》年齡最大，年資最老的雙料冠軍，同事都尊稱他「雄哥」。

一開始雄哥在贏家集團總公司任職，後來高升到當時新創的《贏家周刊》擔任主任，正所謂少年得志大不幸，主任的位子一路幹到現在，心裡也是一路幹到現在。雄哥喜歡打高爾夫球與閱讀，是《贏家周刊》廣告部少數有文化的好人，不過貪杯是最大缺點。

接下來，一夥人就在素未謀面的沈副主任辦公室中等待，一群人又是你看我，我看你，大眼瞪小眼。另一個還沒說話的同梯倒是開口了：「不然我們繼續來自我介紹好了！我叫孟文，請多指教。」一句話說得又急又快，卻又有種奇特的腔調。

看孟文的舉止、說話的方式跟語氣，周毅直覺孟文有可能是同志。沒有正常的女生在，周毅對自我介紹的熱情當然大打折扣。「我叫周毅。」這回只用了四個字。

小潘話比較多，不過大概也沒超過一百四十個字。倒是其他同梯興致滿高的，劈里啪啦講了一堆，但周毅一個字也沒聽進去，好幾次不由自主地進入第三層夢境。

終於，一個塊頭很大的彪形大漢進來了。「我是沈長生。」聲音很有威嚴。一群人趕緊站了起來，這也是第一次看到沈副座，他就是周毅以後的直屬長官。沈副主任人稱「老沈」，年紀看起來不僅大，而且是很大，要是結婚得早，當周毅的爺爺恐怕也綽綽有餘。

『**這裡的長官真是官大年紀大。**』周毅心想。

老沈，實際年齡還比林胖子大上一輪，官拜副主任，是林胖子底下四大打手之一。因為三十五歲才進入公司，入行晚，官也升得慢，但企圖心很強。體型雖然高大，心眼其實小得很，而且長得偏（學名偏心），有仇必報，有恩當不知道。

因為老沈年紀比林胖子大，常常不太甩林胖子的命令，但因為扛得下業績，林胖子也莫可奈何，是典型心狠手辣的角色。

「今天很忙，沒空理你們，明天再來吧！」老沈坐了下來，一樣沒用正眼瞧周毅他們。

「那……現在？」周毅有點傻了，沒想到第一天上班竟然就這樣草草結束。

「我怎麼知道你要幹嘛？反正就是明天再來報到就對了！」老沈有點不耐煩，眼睛盯著電腦，看起來也是很忙的樣子。

雖然可以馬上回家還算滿爽的，但一群菜鳥還是一頭霧水，只好摸摸鼻子離開老沈辦公室。離開之前周毅繞過老沈的桌子，剛好瞄到電腦螢幕：「又是神來也！」周毅有點糊塗了。

離開的時候，一群人碰到林胖子，周毅被叫住了：「周毅先生，我可不可以拜託你，明天稍微穿正式一點來上班呀，業務不可以穿得這麼隨便！」語氣有點嚴峻。

周毅這才發現，大家都是襯衫西裝褲，只有自己是T恤加牛仔褲。

『**難怪我一直覺得不對勁。**』周毅拍了自己的腦袋。『**但我哪來的西裝呀！**』

「只是去看看」，我知道你明明就很想要這份工作呀！

害我今天上班也有點心神不寧，還好有錄取。不然這一次又不知道你要沮喪多久了，真是謝天謝地！

學姐以前說過，當兵是大學情侶必經的考驗。

就算能通過這個考驗，等到男生退伍後，跟女朋友已經不在同一個起跑點上，很多緣分就這樣變了。

還記得你入伍的前一天，給我了一張小卡片，上面寫著：「只要妳等我一年，以後我會給妳一輩子的幸福。」

當時一看到這句話，嘴巴雖然說你吹牛，但心裡卻甜甜的，我不知道你是不是真心的，不過我相信你一次！

而且，一年其實也沒有很久，用一年換一輩子，其實很划算，哈哈！

現在，你終於找到工作，這條路我們終於可以一起跑下去了，雖然我還領先你一年多，但我知道你很快就會迎頭趕上。不管未來怎麼樣，我相信有你陪在身邊，一切就會踏實。

剛剛LINE上你傳來「JI394SU3」一串字，說是要給我的密碼。

拜託，這種老梗一看就知道啦，幹嘛講個情話也要這樣拐彎抹角，欠揍！

那下次我也不要跟你撒嬌了啦！

瑪法達說本週的愛情是「一種攜手共進」，我知道我們會的！

她的私密日記 1

Mon Agu 26 23:11:42

作者｜ Blue（小小藍）

看板｜ Blue

標題｜ [愛情]前進吧！

今天超開心的啦！

一早還在開會，就接到你的電話，我知道你要跟我說面試結果。想必是好消息，不然你不會特別打給我。那時候正在聽老闆訓話，但我才不管這麼多，就假裝是重要客戶打過來。

果然，你興奮地大叫：「面試過關了，下禮拜正式上班。」我總算是鬆了一口氣，終於呀 ^o^

我早說過第一份工作很難找，連我們這種小公司都只找有經驗的。所以我一直跟你說慢慢來不要太心急，得失心不要太重，不然會失望。

剛開始，你還很鐵齒，跟我誇口一個月內一定找到工作。結果咧！這幾個月就看你愁眉苦臉，動不動就唉聲嘆氣。

誰叫你不聽老人言，周小毅同學。

不過還好，這段陣痛期總算過去了，苦盡甘來。

其實親愛的，你在我心中眞的很棒、很獨立，也很上進。努力是好事……但有時候我好怕你給自己的壓力太大。我也會跟著緊張兮兮，想幫你又不知道怎麼做。昨天晚上你還故作鎮定地說

05 保護傘

說到西裝，周毅打從小時候就穿過西裝了。當時周毅爸媽總喜歡把他裝扮成小大人，還記得當時老爸是這麼告訴他：「穿上西裝之後，你就是大人了。」

當時周毅似懂非懂，也不知道為何穿上西裝後就可以變成大人。只是在往後很長的時間裡，他也沒什麼機會再穿上西裝。

『現在要穿西裝去上班，應該表示我長大了吧？』周毅歪著頭想。

當天晚上，他就拉著女友到百貨公司採購。想到那些琳瑯滿目的品牌難免有些心虛，血拚還是求助女孩子比較可靠。

到百貨公司後，原本只想買一套西裝，等到西裝套上去之後，總覺得少了些什麼，想說配條領帶吧！領帶繫上了，低頭發現皮帶也不對了，襯衫也不搭了，皮鞋也太老土了……。

總算全身上下搞定了。周毅又想著是不是該有個名片夾？別忘了還得提個公事包才像話！

『本來只想買牛奶，這下連整個牧場都買回來了！』周毅咬了咬牙。『就當作是轉大人的代價吧！』

一輪採購下來，周毅買了Hugo BOSS的西裝與領帶、SISLEY的襯衫、MONTBLANC的名片夾、CERRUTI的公事包、ECCO的皮鞋，可說是一應俱全。

天曉得在此之前，周毅只知道G2000而已。

就這樣，周毅帶著好幾袋戰利品還有一張軟掉的信用卡，離開了百貨公司。

回家後，他將西裝套在身上才想起一件事：他不會打領帶！

打領帶的事，女友也不在行。於是周毅只好連夜去跟學長討救兵，硬是把已經入睡的學長從床上挖起來。

「拜託，三更半夜你來問我領帶怎麼打，我一早還要開會耶！」學長沒好氣地說。

「學長救命啦，我遇到男人的逆境了……。」周毅低聲下氣，簡短地跟學長報告整個來龍去脈。

「你沒長腦袋呀？穿牛仔褲去報到，西裝是男人的戰袍你知道嗎？」學長看起來很火大。

「男人的戰袍？什麼意思？」

「男生只要套上合適的西裝，看起來就是比較英挺成熟，也給人專業的感覺。」學長順著周毅的脖子開始打領帶。「沒聽過風生水起，西裝革履嗎？」

話才講完，一個「半溫莎結」就優雅地套在周毅的脖子上。

「學長你太快了啦！」周毅有點眼花。「我還沒看清楚。」

學長不耐煩地把領帶拆掉，接著又是右手穿左手，一陣東纏西繞後，一個領結又牢牢地套在他的脖子上，這次是較隆重的「雙交叉結」。

「等等等等……」周毅舉手叫了聲暫停。「學長你慢一點！」

「你怎麼這麼笨呀？」學長把領帶收緊，恨不得把周毅勒死。「不會打領帶算什麼男人？」

「學長小力一點啦！」周毅掙脫學長的手，哀求地說。「你一步一步教我啦！」

不爽歸不爽！但學長還真是練家子，一下子又是「溫莎結」，一下子又是「普瑞特結」，讓只會打蝴蝶結的周毅澈底開了眼界，也總算學會了一招半式。

「這樣穿好拘束喔！」周毅不安地摸著脖子說。

「多穿幾次就習慣了啦！」學長打了一個哈欠。「明天你就知道穿上戰袍的魔力了，現在可以滾了吧？」

被學長趕回家後，周毅第一次穿上整套西裝，再打上（蹩腳的）領帶，在鏡子前左右踱了兩步。「好像真的像個成熟男人耶！」周毅自已也讚嘆起來。

就這樣，穿著西裝的周毅，在狹窄的房間裡來回地走了一個晚上。

隔天上班，全副武裝的他，準備去找老沈報到時，林胖子正好從旁經過，停下來看著周毅幾秒說：「這樣才像話嘛！今天這樣穿很有精神，繼續保持！」

『一進門就被長官稱讚，壯烈犧牲的小朋友也算可以安息了。』周毅終於了解戰袍的意義了。

林胖子接著湊上前來，低聲說：「怎麼你的G2000剪裁好像比較立體？」

『我靠！這是BOSS，國際名牌好嗎？』周毅忍住怒意，決定不跟林胖子計較。

『哼！這裡的人都好沒品味！』其實周毅前幾天也只聽過G2000而已。

這一天，長官依然沒有交代要做什麼，這群菜鳥只好在會議室裡面打屁、看雜誌。不甘心的他決定穿著BOSS西裝到處晃晃。

走到茶水間時，一位大哥正在飲水機上洗茶杯，有點沒公德心。

大哥回過頭來看了周毅一眼：「喲！小夥子穿得挺帥的嘛，新來的？」

「是！我叫小毅，今天第二天報到。」周毅看了大哥的打扮，也是全套西裝，看起來很有威嚴。

「這樣穿就對了！這裡的長官喜歡員工穿得很正式。」這位大哥話匣子一開就說個沒完，他叫張浩南，大家都叫他「南哥」。

原來，在《贏家周刊》長官的眼裡，套裝就是員工的戰袍，當天如果穿得很正式，就表示業務那天有大客戶要跑，有大案子要進行。

穿套裝不僅意味著工作積極，也會給老闆一個期待：「業績要來了！」業務員穿西裝，在老闆的眼裡，就好像將新臺幣穿在身上一樣。

沒有員工喜歡一年到頭都穿著套裝，而正常情況下，長官也不會過問你的穿著；但如果你業績很差，卻老是隨便打扮，在老闆眼中就是不積極、沒有安排拜訪行程、是混吃等死的廢柴，這就是自討苦吃。

「林胖子最喜歡罵別人：『看看你今天穿得這麼隨便！業績怎麼會好？』」南哥接著說：「所以西裝不只是戰袍，而是保護傘，穿上去先求不傷身體，再講究療效。」

「記得我剛來的時候，衣服也是隨便穿，後來懂這個道理以後，只要我這個月業績太差，或是不知道今天要幹嘛，就會心不甘情不願地穿上全套西裝。」南哥喝了口水。「西裝幫我向老闆傳遞一個訊息：先別罵我，我在努力了。」

『南哥今天也是全套西裝，不知道他是業績太差，還是不知道今天要幹嘛？』周毅瞧瞧南哥一身西裝，不禁偷偷在心裡發問。

「反正老闆大多只看表象，看不到太深入的真相。」南哥看了看手錶，作了結論。「我得出門了，有機會再聊。」

『原來戰袍也可以具備保護傘的功能呀！』看著南哥的背影，周毅結結實實上了一課。

等到快下班的時候，周毅在會議室外面，小茜正好迎面走來，眼光直直定在周毅身上。

「哇塞！你今天吃錯藥囉！穿成這樣！」不管什麼話從小茜口中說出來，都這麼可愛。

「沒有呀！昨天被老闆念說穿太隨便，今天就穿正式一點囉！」周毅有些不好意思，也不知道自己在臉紅什麼。

「嗯！不過這樣穿很帥耶，超好看的！」小茜認真地說，眼光還是在周毅身上，這時小鳳姐正好走進茶水間，滿臉不高興地指著小茜說：「要開會了妳跑去哪裡？大家都在等妳耶！」

小茜像個小媳婦似地一溜煙離開茶水間，小鳳姐轉頭過來看了周毅，又換了張盈盈笑臉問：「新同學叫什麼名字？」

周毅趕緊恭敬地回答：「副主任，請叫我小毅就好！」

「叫什麼副主任，我是小鳳，這樣穿很好看喔！」笑笑的小鳳姐手機響起，只見她接起手機，又換上一副幹練的口吻：「我是小鳳！」然後慢慢走出茶水間，只剩周毅一個人

『很好，小鳳姐和小茜都拜倒在我石榴褲下了，小朋友也算是死得其所。』此時，周毅忽然發起花痴來。

不知為何，周毅看到小茜總有些特別的感覺。

不過下班後，他也決定了，以後西裝還是買G2000就好。

『不過就是保護傘嘛！能擋雨就好，要名牌幹嘛？戰袍也有山寨版的呀！』周毅心想。

06 年薪百萬的假面

第三天，懷著忐忑不安的心，周毅再度進了《贏家周刊》的大門。

當然，還是整套Hugo BOSS。

進了大門，周毅直接走進辦公室，林胖子迎面走來，不太高興的樣子。「怎麼這麼晚才到？要開會了！」

『這麼晚？我明明準九點呀！怎麼沒聽說要開會？』周毅一頭霧水。不敢多所辯解，像個小媳婦般，亦步亦趨地跟著林胖子身後。

進入會議室，除了老沈，其他幾個同梯也在裡面了，氣氛似乎很熱絡，看來大夥聊得挺開心，但他卻覺得背脊發涼。

『大家怎麼這麼早就來了？』『為什麼要開會我卻不知道？』『他們剛剛都聊些什麼了？』『長官會不會覺得我很不積極啊？』周毅的警覺心很強，滿腦子都是焦慮不安的疑問句。

『別當最後一隻老鼠！』當過兵的周毅很清楚這點，趕緊在自己的筆記本寫下：「回家以後鬧鐘要調早一個小時。」

沒多廢話，林胖子開場簡單介紹公司背景，把贏家集團創辦六十多年來的豐功偉業細說從頭。老沈接著補充《贏家周刊》雖然是集團的小老弟，但也成立三十多年了。

Blah Blah 一大堆廢話，聽老人講故事，實在讓人昏昏欲睡。

不過關鍵字來了！

「我們這裡的業務，年薪百萬是基本的，兩百萬以上也比比皆是。去年領最多錢的金牌業務，年收入高達五百萬以上，所以只要你夠努力，我相信你們都可以！」林胖子聲嘶力竭地嘶吼，周毅不小心跟著抖了一下。

『賣房子、賣車子、賣保險的業務可以賺很多錢，這很多人都知道，但真沒想到賣廣告的收入也能這麼高呀！』周毅心想。

幾個同梯看起來彷彿吸了大麻，一副飄飄然的模樣，每個人的雙眸彷彿都浮現「＄＄」的符號。畢竟「一百萬」這數字對許多仍陷在基本工資泥沼的職場菜鳥來說，實在太誘人了。

但此時周毅卻格外清醒，他沒忘記學長在之前同學會的一席話。

「進來的第一個星期，我要各位花點時間看《贏家周刊》。我們的廣告主都是菁英人士，想要跟菁英人士做生意，你必須用菁英的方式說話，用菁英的方式思考，用菁英的方式行動。」林胖子的下巴抬得老高。「我們是贏家，我們只賣贏！」

聽到最後這句話，周毅身體又抖了一下。

幾乎所有的工作職缺，在招募新人時免不了都會給人一個美好的願景：如果工作沒有太多金錢的報酬，就會寫上「升遷管道暢通」；如果公司的知名度不高，就會強調「與公司一起成長」；如果公司的福利不好，就會加註「發展潛力無限」。如果公司最後什麼都沒有，就只好編織「圓一個成就自己的夢想」。

基本上，就是不同臺詞的排列組合而已。

唯有業務，幾乎清一色都是以「百萬年薪」作為招募口號。許多人做業務的唯一目的，也就是想要賺錢。周毅記得學長幾天前告訴他，一個稱職的業務，想賺錢的動力比個人能力更重要，特別在《贏家周刊》更是如此。

但《贏家周刊》廣告部的新人存活率，在業界卻是低得出名，《贏家周刊》每年大約應徵一百位新進業務，每年的倖存者不會超過五位——也就是說《贏家周刊》的新人存活率僅有五％。

在往後的日子裡，周毅更驚喜地發現到：贏家周刊有七〇％的業務員，年資都在十年以上；另外二〇％，年資也超過五年；年資不到五年的同事只占一〇％不到的比例。

百萬業務當然有，只不過都是資深前輩，大部分新人根本等不到開花結果的那一天就陣亡了。當林胖子大聲嘶吼年薪百萬的時候，周毅正好想起學長曾經說的：「嘴巴說出口的絕對不是真相。」

周毅不得不佩服學長的一針見血。

如同大多數的業務工作，如果要把類似的會議取個名字，應該可以叫做「Show me the money」。主席裁示年薪百萬是廣告業務不容分割的資產，與會者也對此表達高度的支持與肯定，氣氛非常融洽，士氣非常高昂，美麗的遠景就在前方不遠處。

當大家正準備散會時，有位不長眼的菜鳥此時才匆忙闖進會議室，口中不斷嚷著：「對不起我遲到了！對不起我遲到了！」

『**原來還有人比我更白目！**』想到自己不是最後一隻老鼠，周毅鬆了一口氣，也在心裡幫這位同梯祈禱。這位同梯隨後被留在會議室內，接受林胖子與老沈的重點再教育。

離開會議室，周毅的心中仍有些疑慮，但他還記得自己曾經許下要在《贏家周刊》闖出一番事業的諾言。最起碼這個志向有了具體的指標：年薪百萬。

但周毅越來越覺得，事情沒那麼簡單了。

07 四不一沒有

在《贏家周刊》的第二個禮拜，周毅一如往常的上班。不過他今天沒穿西裝了，畢竟大熱天的，西裝連穿五天都臭了，再不送洗不行。

上次洗腦會議後，奉林胖子的指示，新人被趕到辦公室的一個偏僻角落，每人分配到一疊厚厚的雜誌，要向菁英學習！

「把這些雜誌全部看過一遍。」老沈面無表情地交代所有人。

沒想到這一看，一個禮拜就過去了。

周毅不是一個很有耐心的人，尤其不喜歡悶著頭做一些不知道意義何在的事情。所以一早他就大著膽子問老沈：「長官，我們看了一禮拜的雜誌了，接下來還要繼續看嗎？」

「你急什麼？等一下要開會，到時候再說。」又是一副不耐煩的樣子，眼睛沒離開螢幕。

不用看也知道，這賤人又在打麻將了。

《贏家周刊》除了幾位長官以外，員工一律不配電腦，想用得自己買（也沒有補助），不帶電腦的人，公司也有三臺公用電腦可以湊合著用。

很難想像一家只賣贏的媒體，科技水準竟如此低落。像周毅這樣的年輕人，沒有電腦與網路，幾乎要喪失生活的能力，而公司配給長官的電腦，看起來用途最多的就是打麻將。

『**真是爛透了！**』周毅心想。

周毅趕快跑到僅剩的公用電腦前，打開Line敲了小茜。前幾天在電梯碰到小茜，周毅眼明手快要了小茜Line。

「在忙嗎？」

周毅等了一會兒，小茜才傳來回應。

「剛剛小鳳姐在教我東西，找我嗎？」

「沒有啦！就覺得很煩。」

「煩什麼呀？」

「唉，我覺得我老闆好像不喜歡我，每次跟我講話都好兇。」周毅頓了一下，才打出這行字。

「偷偷跟你說，我也覺得小鳳姐很兇耶！」

「怎麼會？」周毅有點訝異。

「可能她本來就比較嚴厲吧，我現在滿怕問她事情的。」

「我覺得這裡的人都好冷淡喔，有事情我都不知道問誰。」

此時周毅正好看到小潘去找老沈講話，這次老沈卻是耐著性子回答小潘的問題，兩人甚至還有說有笑，看得周毅很不是滋味。

「哈哈，那我比你幸運，我有個好姐妹會照顧我。」小茜接著回。

「怎麼這麼好！」

「她比我早來三個月，而且是正妹喔！」小茜補上一個流口水的表情符號。

「真羨慕，我也想要有姐妹照顧我……。」

周毅嘆了口氣，他覺得自己應該跟小茜換組的。

「好羨慕交際手腕很強的人，就算把他們丟到南極，他們大概也會跟企鵝變成好朋友吧？」

周毅悶悶地打出這行字。

「別想太多啦，不然我來當你的企鵝，我會跟你說話。」

看到小茜這行字，周毅忽然覺得甜甜的，跟著打了句：「企鵝很胖耶！」的玩笑話。他還想跟小茜多聊一會兒的時候，有個前輩大搖大擺朝著周毅走過來，也不講話，眼神就直直盯著周毅瞧。

周毅看了看左右，這裡他最小，他心裡有數，前輩要他「讓開」！

周毅很長眼，趕緊堆著笑臉說：「前輩您先用。」然後迅速登出帳號，夾著尾巴逃回自己座位，連再見都來不及跟小茜說。

沒過多久，老沈走了過來，冷冷丟下一句：「開會。」

周毅不敢怠慢，馬上起身，跟著老沈的步伐往辦公室，找了張位子坐下來，準備等候新的指示。

「大家進來也一個多禮拜了，每個人說一下這個月的業績狀況。」老沈面無表情地說。

聽到老沈這句話，周毅的括約肌又緊了一下。『業績？業績是啥溯？』

拜託！新人才來一個禮拜耶！什麼狀況都還搞不清楚，怎麼會問這個問題？

只見幾位新人面面相覷，誰都不出聲。

「你們不知道新人進來，每個月要十萬業績？」老沈可沒放過大家，繼續說。

『業績十萬？我明明只聽到年薪百萬，什麼時候提到業績十萬了，我靠！』周毅覺得自己的肛門越來越緊了。

「跟你們直說了吧！新人試用期是三個月，業務單位一切看數字，三個月若沒達到業績目標，就不予聘用。」老沈緩緩靠向椅背，但周毅卻覺得老沈很靠背。

「報告長官，請問我們有沒有教育訓練？我們其實還不清楚《贏家周刊》的廣告業務該怎麼進行？」孟文的問題很實際。

「教育訓練？我們一向沒有教育訓練，每個老人還不是這樣過來了？業務單位是打仗的，敵人都在眼前了，我還要等你學會用槍嗎？」老沈對這個問題嗤之以鼻。「上禮拜我們不是介紹過公司了嗎？有什麼問題要自己開口問呀！」

不過才一星期，這群菜鳥萬萬沒想到，天堂到地獄的距離竟然這麼近！周毅的火從肛門一路上升到腦門，他覺得真的要自燃了！

「喔！對了，倒是有份資料忘了給你們了，沒有這個你們怎麼作業務？」老沈忽然想到什麼。

「對嘛！就說長官一定是漏了什麼教戰手冊的才對嘛！」菜鳥們鬆了一口氣，大家相視而笑。

只見老沈緩緩從資料夾中掏出幾張紙遞給這群菜鳥。

周毅揉揉眼睛，真的沒看錯，每個人只拿到一張薄薄的A4紙張，上面寫著「廣告價目表」。

大夥面面相覷，只見價目表上列著：「二分之一頁十萬，全頁廣告十八萬，跨頁三十四萬……。」

『難不成以為給我們一張廣告價目表，我們就可以上陣殺敵了嗎？』周毅得用很大的克制力，才能壓制自己想要翻桌的衝動。

「副座，請問我們有沒有客戶名單可以參考？我有認識一些客戶，不知道能不能提案？」小潘問了一個很有水準的問題，看起來胸有成竹。

『居然已經有客戶？大細漢哪會差這麼多！』相較於其他新人，周毅忽然覺得小潘好像跟其他菜鳥不在同一個層次上的。

「沒有什麼客戶名單，你想得到的客戶都可以跑，先跟我提報就可以了。」老沈喝了一口水，接著說。「其實呀！在《贏家周刊》跑業務，大家只要記住五個原則就好。」

看來長官準備上課了，周毅趕緊打開筆記本，準備記下長官的教誨。

「經營《贏家周刊》廣告業務，其實只要記住一個心法，就是四不一沒有！」

「四不一沒有！」看來這不記下來就要動搖國本了，周毅聚精會神等待著。

「第一，我們不談發行量。數字是死的，人是活的，當客戶問你發行量時，你要先反問他對手雜誌宣稱的發行量，然後再往上加五萬份就對了。」

「第二，我們不談閱讀率。當客戶拿閱讀率質疑你時，告訴他《贏家周刊》的讀者都是菁英，是金字塔頂端的菁英，菁英很多嗎？不可能嘛！我們是重質不重量。」

「第三，我們不談印刷品質。我們是雜誌，不是型錄，讀者愛的是我們的內容，不是印刷。」老沈又喝了口水。「當客戶質疑我們的印刷品質時，先把責任推給設計不良，不然就說是檔案毀損，千萬不能說是我們的機器太老舊了。」

「第四，我們不談廣告效果。談廣告效果，是很膚淺的說法。打廣告本來就是打品牌形象，是Image，要讓消費者記住你，只登一次怎麼可能有用！」老沈越說越High。「如果客戶說登你們家廣告沒有效，告訴他：一次是不夠的！我來幫你規畫一個長期專案，多登幾次。」

以上，報告完畢！

記得有句話是這麼說的：「你所花費的行銷預算中，有五〇％是丟到水裡面的。」但周毅可以肯定，在《贏家周刊》登廣告，是百分百丟到水裡面，屍骨無存。

「等等！那麼『一沒有』是什麼呢？」周毅勉強吸了一口真氣，顫抖地問。

「一沒有，不就是沒有錢就什麼都別談了，沒有錢還登什麼廣告呢？」老沈笑著說，看起來很得意。

「我告訴你們，在這裡作業務是很有成就感的。想想看，隨便跟客戶提個案，一張薄薄的紙我們就可以賣客戶十萬塊，這是何等不容易的事情呀！」老沈指著一張廣告。「你們都應該為自己感到驕傲。」

周毅確定了一件事——這裡是詐騙集團！

不知為啥，周毅此時想起了家鄉的某位親戚，上個月匯了十萬元出去，結果換得一張紙，上面寫著：「我們很高興地通知您，獲得五兩金牌一面……。」

「好了！今天的會議就到這邊。散會之後，把業務計畫提給我。」老沈說完最後一句準備起身走人。

教育訓練到此結束，獎品是廣告價目表一張、業績目標十萬元，還有四不一沒有的心法，恭喜各位得主。

這群菜鳥坐在會議室，大家都沒說話，但周毅很肯定，一定有人在「計畫」是否該找下一個工作了！

因為他自己就是這麼想的。

「把人力銀行履歷表設定開放。」在「四不一沒有」底下，周毅趕緊把這事寫在筆記本上。

08 電話開發

結束「四不一沒有」的震撼教育後，周毅回家馬上打開人力銀行的履歷，原以為自己靠著嘴砲，喔！不是，是靠著口腔彈道學混進夢想的大公司，沒想到卻一頭掉進詐騙集團。

這下可好了！詐糊遇到大老千，偷雞不著蝕把米。

「所有你以為的美好事物，一旦擁有了之後，最終都會有破滅的一天。」學長曾經這麼說過。只是他沒想到，這一天竟來得這麼快。

一股濃厚的失落感湧上他的心頭。

「四不一沒有」的隔天，果然就有一位同梯不告而別，老沈打了幾通電話都沒人接，看來這人是鐵了心要逃離這裡。

周毅跟同梯交換了一下意見，除了小潘和孟文，其他人回家就把履歷表給打開，重新投履歷、等待面試的過程。

大家想法都差不多：先待著領底薪，有好的面試機會就去試試，然後逃離詐騙集團，周毅猜想自己不會在這鳥地方待超過三個月。

在家等面試通知的日子，周毅也怕了。

周毅有點疑惑，怎麼小潘跟孟文一副無動於衷的樣子。小潘只是聳聳肩說：「我早有心理準備啦！」孟文也哼一聲地說：「想嚇唬誰呀？不過就是十萬元業績！」

周毅忽然又覺得自己是少見多怪，他打了通電話給學長，劈里啪啦地把《贏家周刊》狗屁倒灶的事情全部告訴學長，還有那個惡名昭彰的「四不一沒有」，但學長同樣沒什麼反應！

「Welcome to the jungle！」學長淡淡地說。

「你們公司也是這樣嗎？」學長的反應讓周毅顯得有點大驚小怪。「你不覺得這跟詐騙集團沒兩樣嗎？」

「十家公司九家騙，剩下一家快倒店。哪一家公司沒有這些外人看不見的混蛋事呀？」學長那端傳來鍵盤聲音，顯然有點忙。「現在企業都嘛要『即戰力』的員工，不然你以為公司還慢慢訓練你，然後等你學會了，再跳槽到其他公司嗎？」

周毅無言以對！的確，年薪百萬是權利，業績十萬是義務，想要享受權利得先盡義務。

「那我現在該怎麼辦？繼續找工作還是待下來？」周毅忽然覺得有點沒力。

「不衝突呀！不想做你就繼續投履歷，然後一邊看看那裡有沒有可以學的，既然上了賊船，好歹也學學人家怎麼詐騙，到時再走也不遲。」

「要開會了，不繼續聊了。」掛電話前，學長又丟了一句：「我最近可能要升官了，找時間請你吃飯吧！」還來不及說再見，電話那端就傳來嘟嘟的聲音。

『升官？不過早自己兩年畢業，沒想到在電視臺工作的學長越混越好了，或許哪一天還要靠學長提拔咧。』周毅心想。

既然決定暫時留在船上，周毅決定發揮自己的特點：觀察力，看看這艘賊船到底是怎麼運作的。只是周毅發現，在辦公室就算想找人說話，辦公室也是空的。通常早上打卡完沒多久，一半的人就陸續離開辦公室，出門談業務去了，只剩下一部分在辦公室打電話；過了中午，連幾位長官也都不見蹤影。

雖然說業務單位的人都是「不在辦公室，也能辦公事」。不過自從上次南哥講了「保護傘」法則後，周毅開始嘗試觀察：最近誰的業績可能不好，誰又要去打混了？

觀察了幾天之後，他發現：長官都是西裝筆挺，大部分業務倒是輕鬆穿。**『所以，看起來在混的應該都是長官吧？』**周毅想。

但在辦公室能觀察的事不多，所以周毅決定這天來（偷）聽別人怎麼打開發電話！

右前方的大哥拿起電話了，周毅把耳朵豎直。

「老婆呀！我晚上要開會，晚一點回去，你們自己先吃飯吧！」幹！不是打電話開發客戶，周毅有點失望。

等等，大哥又把電話拿起來了。

「李經理呀，很久沒見面了呀，最近好嗎？晚上要不要去Happy一下呀？上次那個妹還不賴吧……」周毅心想這應該是跟客戶關係經營吧？

等等，左後方的大姐也拿起電話了，大家叫她花花姐。周毅的耳朵連忙轉向。

「總監在忙嗎？（嗲）好久不見了呢（嗲），你很久沒來我們這裡登廣告了耶（嗲），我都快餓死了啦（嗲）！我不管，這個月你一定要安排一下啦，好不好嘛（拖尾音，還是嗲）。」

周毅疑惑著這電話開發，怎麼聽起來像酒店小姐的call客電話？

『**這招我沒辦法用。**』周毅忽然發現，女性不是弱者這個道理。

另一位大哥也拿起電話了，周毅趕緊把雷達對準這位大哥。

「陳老闆，我是小吳啦！上次跟您提的那個案子考慮得怎麼樣了？沒有預算喔？要等到下個月喔？

沒關係沒關係，有需要再跟我說，或是我再幫您規畫一個預算比較小的案子……。」

中規中矩的對答，是非常典型的電話開發模式，看樣子這位吳大哥被客戶拒絕了，但不知怎麼的，他覺得吳大哥看起來人很好的樣子。

慢著，坐在雜誌架旁的南哥也拿起電話了。聽說南哥是《贏家周刊》的金牌業務，專跑房地產，這通電話看來可以學到很多。周毅趕緊起身，裝作去拿雜誌，把竊聽雷達開到最大。

「小王呀，我看到你們在《天上雜誌》登的廣告了！你他媽找死呀。跟我說沒預算，現在你要我怎麼跟老闆交代呀？為了你們這個案子，我他媽要被老闆火掉了！」

南哥邊講電話邊轉筆，火力傾巢而出。

「什麼叫讀者屬性不合呀？你知不知道你在說什麼呀？你知不知道我跟你老闆很熟？信不信我可以把你弄死？去你媽個Ｂ！」南哥現在用脖子夾著電話，左右手各轉一枝筆。

「我告訴你，這個禮拜我缺一塊封底裡，你去給我想辦法，不然大家走著瞧，幹你娘的搞不清楚狀況！」南哥一口氣說完，用力地把電話掛了，筆不小心飛出去，掉在周毅腳邊。

『原來業務還可以這麼做的呀，好屌。』周毅捏了一下大腿，確定自己不是在夢境裡。記得當兵時，周毅就很崇拜老士官長，可以一口氣把複雜拗口的髒話，流利地傾洩而出。現在南哥更精準的示範了，如何將國罵應用在商業談判中。

不過當務之急，就是趕快逃離火線戰場，南哥發飆，周毅可不想被颱風尾掃到。但偏偏正在撿筆的南哥，眼神剛好跟周毅對上。『死定了，我要被罵了……。』周毅臉色有點慘白。只見南哥若無其事撿起筆，對著周毅說：「沒事！先嚇嚇他。」臉上還帶著微笑，然後轉身繼續做自己的事情。

『高手！真是高手！南哥的演技太精采了！』平生不識張浩南，縱是英雄也枉然呀，周毅已經澈底被南哥的風範折服了。

帶著崇拜的心，周毅慢慢走回座位。忽然間，周毅覺得學長沒說錯，《贏家周刊》似乎真的是臥虎藏龍，自己還真是小看了這裡。

看起來周毅要學的東西還多著呢！

錢再還我。

看你還是一副猶豫不決的樣子，我乾脆直接拿了幾套讓你去試穿。

男生穿上西裝之後，味道果然就不一樣了，你顯然也穿上癮了，自己還拿了一堆配件搭在一起。

一邊試穿一邊擺Pose給我看，還問我說帥不帥？

好啦！我承認有帥到，好像換了個男朋友一樣，這樣可以了吧！

這套西裝就當作是慶祝你找到工作的禮物吧！

後來，我問你打電話回家跟你爸講了沒？你沉默了一會兒，沒有回答我。記得你跟你爸的關係一直不太對勁。

有一次，難得跟你一起回去與家人吃飯，結果你跟你爸一句話也沒說，氣氛有夠冷。

問你怎麼回事，你只淡淡撂下一句：「從小到大，我爸都只會看衰我，有一天我會讓他知道我的能耐。」

人家說，女兒是父親上輩子的情人；那麼，兒子想必是父親上輩子的情敵吧！

離開百貨公司，我們提著大包小包，你自己又加買了一堆東西。你說：「工欲善其事，必先利其器。將來我一定要成為Top Sales。」

有遠大理想是很好，不過，要是你敢穿著這套衣服出去花天酒地，老娘肯定跟你沒完沒了啦！

她的私密日記2 Mon Sep 2 23:33:03

作者｜Blue（小小藍）
看板｜Blue
標題｜[愛情]忐忑

今天晚上，本來要跟同事聚餐，沒想到卻陪你逛了一晚百貨公司。還不是你說上班穿得太隨便，被老闆削了一頓。

實在很心疼你第一天上班就被罵，乾脆就陪你去買衣服。一路上，聽你說公司的情況，還有之前面試的過程，不知道怎麼著，我的心裡就是有些不安的感覺。眞的有公司面試會問員工會不會喝酒的嗎？又不是要應徵陪酒的！莫名其妙嘛！！！

我知道業務的應酬很多，我們公司的業務就是一天到晚都在喝。但我很不喜歡這樣。哎！早知道就叫你再等其他機會了，現在的我反而有點擔心。

到了百貨公司，每件衣服你都先拿起來看標價，一副小心翼翼的樣子。

我知道你剛退伍，又沒有收入，手頭有點緊。還好，我已經在公司幫你Survey過了，拉著你的手就往Hugo BOSS的櫃走。結果你一看到衣服的標價就倒退三步，嘴裡直嚷嚷這太貴了啦。

我說，這牌子剪裁比較俐落，穿起來比較成熟。我知道，如果開口說要送你，你一定不肯。所以，只好說先幫你買，等你賺了

09 鴻門宴

聽了幾位前輩的電話開發後，周毅深深感覺自己「口技」上的不足。好學的他於是跑去市面上買了一堆書，有《你也可以是說話高手》、《如何談出好生意》、《開口就是好生意》之類的。

但沒有《國罵大全》，可惜。

第三個禮拜一，周毅照例豎起耳朵，開始接收方圓三尺的電話開發內容。自從上週發現電話開發的奧妙之處後，他開始愛上偷聽別人講電話這件事了。

正常來說，週一早上都是業務安排本週行程的開端，一整個早上，辦公室都會是鬧哄哄的電話聲。所以今天早上周毅收穫頗豐，只見他忙著在筆記本寫下電話紀錄，打算找時間結合理論與實務，演練一下自己的口技。

「中午別出去，要聚餐幫你們迎新。」老沈一早就走到幾個新人面前交代這件事。

『聚餐嘛，不過就是幾個人吃飯認識一下彼此，小事一樁。』周毅並沒有把這件事情放在心上。

但如果周毅長點記性，還記得林胖子面試時曾問過「會不會喝酒」這問題，他就不會如此掉以輕心。

中午時間一到，由老沈帶隊，一夥人開拔到新東南海鮮餐廳，這是一家頗負盛名的臺菜館，二樓有針對團體聚餐的包廂，贏家的聚餐正是在二樓其中一間包廂。

周毅進去一看，裡頭已經有不少人了！

除林胖子、雄哥、南哥幾位熟面孔外，還有一些沒見過面的長官，早進來幾個月的學長姐；唯一讓人感到安慰的，是美女如雲的營廣組也到了，小鳳姐和小茜也在其中，還有營廣組主任林平和，一群人浩浩蕩蕩坐滿兩大桌。

壯觀的還不只是人數，桌面上已經擺了六瓶麥卡倫威士忌，桌下還有幾箱啤酒，感覺起來殺氣很重。

周毅的酒量其實並不差。想當年他在當兵時，連長看周毅有天分，經常把他帶在身邊，肩負擋酒部隊的光榮任務。

有一次，連長又把周毅帶在身邊，喝到一個段落，連長帶著他退出火線喝杯茶喘息喘息。連長忽然開口：「酒場學問大，看一個人喝酒，真的可以看出一個人的性格。」

看周毅一副不明白的樣子，連長一時興起就教他箇中奧妙在哪裡。

「你看看那群人。」連長指著一群埋頭苦吃的人。「大多數的人都是這樣，顧著跟朋友聊天，他們不主動敬酒，也不去應酬，顯然對升遷沒有什麼企圖心，所以他們一輩子都只會是基層幹部。」連長像是算命一樣，直接卜出一卦。

接下來連長把目光轉向一群正在踩罐[1]的人。「這組人是衝組。衝組的酒量都不錯，也有企圖心，公杯踩罐來者不拒，高粱、威士忌一口吞。」只見連長夾了口菜往嘴裡送。

「衝組的有酒膽、有酒量，但方法不對。所以他們只會淪為酒場上的犧牲品，長官灌這群人喝酒來炒熱氣氛。下場不是吐得一塌糊塗，就是被人扛上計程車海放。」

連長又把焦點放在正跟營長喝酒的幾位同僚。「像這些人就是花蝴蝶。他們通常個性外向、海派，而且長袖善舞、八面玲瓏。他們很清楚，敬酒的關鍵不在於酒，而是那個『敬』字。善用機會，讓長官看到你，進而達到交心的目的。」

連長忽然壓低音量繼續說：「你注意看花蝴蝶的酒杯，永遠都是八分滿。他們跟閒雜人等喝酒，嘴巴就碰一下酒，隨意就帶過了。」

周毅看了一眼連長的酒杯，正好也是八分滿的。

「花蝴蝶只有碰到需要打關係的長官，才會拿出真實力。因為他們很清楚，喝酒要喝出價值，重要的是跟誰喝，而不是喝多少。每個人的酒量都是固定的，把空間留給最關鍵的時刻，才是投資報酬率最高的行為。」連長一口氣說完。

周毅偷偷瞄了一眼連長，心想：『**花蝴蝶不就是你嗎？**』

連長看到周毅的眼神，忽然笑了起來，他繼續說：「第四種人，就是假面人。跟前面三種人相比，他們多半默默坐在旁邊不說話，你很容易誤以為他是路人。但是當關鍵時刻到了，他們就跳出來了。」

「什麼時候是關鍵時刻？」周毅問。

連長笑笑地回答：「當大家都看著你的時候，長官要你喝的時候，有死敵來挑釁的時候，需要你表現氣勢的時候。簡單說，就是你不喝那杯酒，就會被看扁的那一刻。」

連長又喝了口茶。「假面人的酒量通常都不好，因此也更珍惜有限的額度。他們會耐心等待，等到酒過三巡一片混亂之後，才會出其不意出招。」

「因為應酬最重要的真理，就是不管喝了多少，能醒著撐到最後的人才是勝利者。」連長最後做了結論。

周毅大著膽子問：「連長，所以您到底是第三種還是第四種人呀？」

此時，營長又在主桌揮手要他過去，連長深吸了一口氣說：「我兩者都是，你可以叫我假面蝴蝶。」然後堆滿笑意，拿著八分滿的酒杯朝營長走去，嘴巴還說著：「長官有何指示？」

自此以後，周毅就不曾在應酬場合喝到爛醉。

周毅有預感，今天的迎新恐怕是一場鴻門宴，當年連上長官的教誨就要派上用場了。

---

1 臺語，指不用酒杯，對著瓶口直接把一瓶酒喝乾。

他的預感沒錯。屁股還沒坐熱，官位最大的林胖子就發難了：「最菜的幾個新人起來敬大家，順便介紹一下自己，你們是今天的主角。」

『要行刑前好歹也給我們一頓溫飽，新東南的菜一盤都還沒看到呀。』周毅暗自叫苦不迭，今天的場面顯然非常凶險。

幾個菜鳥只好站起來，拿著酒杯一個接一個介紹自己。

「喝果汁？有沒有搞錯呀！」一位同梯被南哥抓包，硬是被換上一杯啤酒。

「我不太能喝酒耶……。」同梯試圖幫自己找理由。

「不能喝？」林胖子聲音高了八度。「業務不會喝酒，業績一定做不好。」

聽到這句話，同梯只好把這杯啤酒吞下去。

然後營廣組主任林平和拉著小茜對大夥說：「這是我們組上新人，大家多多照顧。」

小茜也嬌滴滴站起來介紹了一下自己，然後用一小杯斟上加水的威士忌，仰頭一飲而盡，喝完還將杯子倒過來，表示喝乾了。

「看看人家女孩子。」林胖子拍了拍手。「你們幾個男生不要丟人，給我起來左去右回！」

這下好了！小茜拿出巾幗不讓鬚眉的氣勢出來，周毅本來想坐下吃點東西裝一下假面人的，沒想到又逮了回去。

「誰先來？」林胖子繼續吆喝著。

幾個菜鳥你看我我看你，沒人願意身先士卒。

小茜正好眼神看向周毅，還挑了挑眉，眼神彷彿在說：「你行嗎？」看得周毅有點沉不住氣。喝酒容易誤事，喝酒有漂亮女生在，則會做出傻事。既然躲不過，周毅索性拿出衝組的氣魄。

因為現在就是關鍵時刻。

其實周毅也敲過算盤了，自己酒量的安全水位約一打啤酒，十幾個人就算每人敬一小杯，也不過幾罐而已，扣掉一些不喝酒或是隨意不乾杯的，算起來還是很安全，這個頭陣不衝太可惜。

況且，今天明擺著就是要整新人，與其在眾人面前裝扭捏，不如先來一輪火力掃蕩，然後趕快退出戰場裝死，至少還可以吃幾口生魚片。

喝酒的節奏要由自己掌握。這是長官告訴周毅的另一個原則。當然，這也是對小茜最好的回應：『是的！我當然行。』

只見周毅大喝一聲，一手抄起啤酒杯就開始巡迴演出。

「經理，這一杯先敬您，以後請多多照顧。」「主任，以後要麻煩您了！」「南哥，以後還要跟你多學習……。」周毅不忘一杯啤酒配上一句應酬話。

敬到小茜時，周毅還特地用啤酒杯斟滿一杯純威士忌，不甘示弱地對小茜挑了挑眉。「我是小毅，請多多指教。」喝完也把酒杯倒過來。

小茜笑咪咪地回看周毅，一切盡在不言中。

「很好，小毅表現不錯！下一個換誰？」林胖子讚許地拍了拍周毅，但另外四位同梯可就對周毅翻白眼了。『你打了頭陣，不就叫我們後面的人一起去死嗎？』

果然，喝果汁的同梯說自己酒量真的不好；另外一位也說自己不太能喝酒，孟文乾脆說自己喝酒會過敏，一副死豬不怕滾水燙的樣子，小潘則是不動聲色。

話說得誠懇，就是希望各位前輩可以放他們一馬。

換在其他稍有同情心的場合，或許勉強過關。可惜，《贏家周刊》剛好是個沒有同情心的地方，這裡沒有所謂的「投降輸一半」的道理，向來只有「趕盡殺絕」的生存法則。

周毅躲回座位，只能眼睜睜地看著自己的同梯被一杯一杯灌酒。「跟長官敬酒怎能不乾杯？」「再一杯就好。」「這杯威士忌喝完就放過你！」，孟文看似嬌滴滴卻毫不讓步，不喝就是不喝，前輩也拿他沒轍。

周毅也顧不上別人，嘴裡趕緊塞點菜填填胃，新東南的好菜只能淪為胃裡的配角。

在酒場上，「柿子挑軟的吃」是不變的真理。周毅現在發現，職場也是如此。

最後，輪到小潘了，只見小潘緩緩地說：「我不喝啤酒耶！」正當大家要開始鼓譟的時候，小潘不急不徐地補充：「我只喝威士忌。」

話才說完，麥卡倫威士忌就倒滿高粱酒杯，接著開始敬酒，而且不管對方喝不喝酒，乾不乾杯，小潘全部一口乾，非常帥氣。

喝完酒之後，小潘意味深長看了周毅一眼，嗅得出有較勁的煙硝味。

這時只見營廣組正妹拚命歡呼，大呼：「小潘好帥喔！小潘好強喔！」幾位長官也拍手叫好：「這一梯的不簡單喔！」

既然起了頭，接下來就開始捉對廝殺了。「周毅跟南哥乾一杯。」「小潘敬雄主任一杯。」兩位不能喝酒的同梯，想逃也找不到出口，只好跟著一杯接一杯，孟文則是乾脆坐到一邊去。

水果都還沒上，只見一個菜鳥忍不住，嘩拉拉就直接吐在湯鍋裡，一鍋八寶粥就此出爐。

林胖子皺著眉頭：「這小子真的不能喝！」

『廢話，他剛剛不是就講了嗎？』周毅心想。

「小毅你同梯的掛了，快來解救他！」林胖子吼了一聲，南哥一把將周毅抓到主桌去。

周毅連忙尋找小潘跟孟文的蹤影，正想拉一個墊背的，只見這兩人一溜煙跑到營廣組那桌避風頭去了。小潘這回把目標放在雯雯身上，兩人有說有笑的，孟文也跟其他女孩聊得很開心。

對周毅來說，天堂與地獄之間，竟只有一線之隔。

『快到滿水位了……』周毅覺得自己的胃開始翻滾了。

周毅記得連長說一定要撐到最後，自己要是吐了，今天就算是白喝了。

周毅可不想以後聽到「酒量還可以，可惜不持久」這種話。

處在滿水位邊緣，周毅拚命支撐著，絕對不能就此潰堤。

當然，他也施展了一些連長教過的賤招，例如裝著把酒一口氣乾掉，其實含在嘴巴裡，然後假裝喝茶，再把酒吐回茶杯裡。這招不到關鍵時刻，是不會拿出來用的。

現在就是關鍵時刻！

終於，鴻門宴要結束了！清算一下開發組五名菜鳥的戰績：

陣亡一名，屍體正被拖運中。

重傷一名，隨時有宣告陣亡的危機。

倖存兩名：小潘，看起來非常正常，周毅卻是硬撐著。

請假一名：孟文，完全像個沒事人一樣。

周毅很清楚，再不離開自己也要吐出一鍋八寶粥了。

此時林胖子忽然宣布：下午可以不用進辦公室了，只見清醒的人發出一陣歡呼聲，南哥喊著要找大家去唱歌了。

「你還好吧？」小茜往周毅這裡走過來，關心地問。

「當然ＯＫ呀！」周毅的胃又翻了一下。

「我們要去ＫＴＶ續攤，你要來嗎？」小茜看來十分清醒。

「我還有事耶，要趕個企畫案給客戶。」周毅故作正經地說，但心裡其實很想去。

「好吧！那下次囉！」小茜有點失望，但周毅更心痛。

『果然要撐到最後呀！』連長的話是對的，現在周毅只能眼睜睜看著小潘和一群正妹去唱歌，而他卻要趕快找個地方吐。

周毅連忙攔了一輛計程車，只是才開了五百公尺，他覺得胃裡的生魚片已經游上食道，即將傾洩而出了。

他趕緊打開後車窗，把頭伸出車外。

「少年ㄟ，你等一下，我停路邊予你掠兔仔。」運將口操臺語急著說，他怕周毅弄髒他的車。但還是晚了一步。車子還沒停下，生魚片已經不受控制地游出來了，周毅把頭就著窗外大吐特吐，新東南的菜就此化成一道雪白銀河，飄落在汀州路上。

「幹！有夠衰，林北今天才洗車耶！」周毅還聽見運將大哥罵得很大聲。

迷迷糊糊回到家，周毅倒頭就睡，而且還做了一個夢。他夢到林胖子在鴻門宴上問他：「壯士，能復飲乎？」翻譯：『**你行不行？再來一杯吧？**』

周毅逞強地回答：「臣死且不避，卮酒安足辭？」翻譯：『**林北死都不怕了，區區一杯酒有什麼好躲的？**』然後夢醒了，周毅匆忙起身去廁所，抱著馬桶又狠狠地吐了一次。

10 鐵打的營房流水的兵

隔天，周毅起了個大早。到了公司後，幾個昨天灌酒的前輩看到周毅，紛紛稱讚他酒量不錯。

「昨天喝成這樣今天還能早起，有前途喔！」林胖子也拍了拍周毅的肩膀。

『其實我只是頭痛睡不著而已。』周毅心想。

昨天陣亡的同梯，今早也打了電話來，說無法負荷工作內容，要辭職。「醉臥酒場君莫笑，古來征戰幾人回」，鴻門宴又搞死了一個新人。

自從在鴻門宴上一戰成名後，小潘與周毅在公司裡打響了名號：「聽說菜鳥裡面有兩個喝酒很兇悍的」。於是，長官見到他們會笑了；前輩看到他們會打招呼了，也喊得出他們的名字了。

酒過三巡果然一切就不一樣了—當然，一定得撐過三巡才行。

其實在周毅心中，還是有很強烈的不確定感。一起進來的同梯已經掛掉兩個了，履歷開了但音訊全無，每天在公司就像個孤兒，雖然前輩比較認識自己了，但還是沒有人告訴他要怎麼辦，除了偶爾看到小茜心情好一點之外。在《贏家周刊》的日子，周毅常覺得很孤單。

這一天，當周毅又在空虛寂寞冷的時候，老沈當頭一棒就來了。

「喂！你的業務計畫表怎麼還沒交？就剩你沒交了！」老沈來了，臉色有點沉。

「我……我還在寫……。」其實周毅還沒寫，他根本不知道從何寫起。

「一份計畫要寫多久呀？大家都交了就你沒交？酒還沒醒呀？」安靜的辦公室只聽到老沈一陣亂棒打下，同事雖然各做各的事，但周毅知道大家都聽在耳裡了。

『**幹你媽的沈長生，你兇屁呀！**』周毅的脾氣有點上來了，看著桌上那張業務計畫表，周毅很想把它揉成一團丟回老沈的臉上。『**你有教過我該怎麼填這張該死的業務計畫嗎？**』

當周毅還在心中問候老沈的老母時，一位大哥走過來，是老實的吳大哥。

「老弟，走！請你喝咖啡。」吳大哥低聲說。

周毅猶豫了一下，但還是很快起身跟吳大哥走，只見吳大哥帶著周毅到附近的路易莎咖啡。走進咖啡店，裡面很安靜，顧客三三兩兩，看起來都是忙裡偷空的業務人員，大家面前都擺著一部筆電，這裡飲料不貴，又可免費無線上網，很多業務都是拿著筆電在這裡待一下午。

「我不太喝酒，請你喝咖啡可以吧？」吳大哥促狹地對周毅眨了眨眼，顯然也記得鴻門宴那天周毅的勇樣。

周毅忽然覺得有股暖流上身，淚水直在眼眶打轉。『這裡竟然有人關心我？』在吳大哥身上，周毅第一次在《贏家周刊》感受到「真誠」。

「這裡到底是怎麼回事？怎麼一切都跟我想得不一樣……。」剛被老沈當眾羞辱，此時的周毅覺得有點委屈，講話竟有些哽咽。

「你不是第一個這麼問的菜鳥，也不會是最後一個，我們都是這樣過來的。」吳大哥沉默了半天，才悠悠地說。「想知道《贏家周刊》是怎麼看待新人的嗎？」

「想！」周毅偷偷抹了一下眼角，又拿出他的小筆記本了。

吳大哥又沉默了一會兒，像是在想該從哪邊開始講。

「《贏家周刊》的廣告業績，主要都是靠我們這群老人撐起來的，新人剛進來怎麼可能會有貢獻度？」吳大哥緩緩地說。「一個月要三千萬業績呀，我們隨便一個老人扛的業績，五個新人都不見得扛得起來。」

「但老人待久了難免有惰性，找你們進來就是看準了初生之犢不畏虎，在你們搞不清楚狀況時，拿著刀子亂砍亂殺，活化一下市場，也刺激一下老人，別讓我們太安逸。」吳大哥停了下來，看著周毅。

「為……為什麼要這樣做？」周毅有點訝異居然會聽到這樣的答案。

「這麼做有很多好處，為了怕自己的客戶被新人幹掉，老人會格外提高警覺心，想混也不行；有些老人手上的客戶很久不登廣告了，說不定新人去砍個兩刀就中了，瞎貓也會碰上死耗子。」吳大哥拿起咖啡杯又放下，感覺若有所思。
「萬一最後新人混不下去了，手上的客戶順勢又回到老人手上，被活化的客戶產值比以前更高；如果新人活下來了，公司又多一名戰將。」吳大哥繼續說。「怎麼算，公司都是贏家。」
「難怪我們剛進來，前輩們都不太搭理我們。」周毅心裡的疑問解開了一個。
「當然不理你們呀！對老人來說，菜鳥擺明就是要跟我們搶飯吃，現在廣告業又不景氣，講白了，你們就是我們的敵人，不剁了你們就不錯了，還指望我們會教你們，然後回頭砍自己嗎？
「更何況，每個月新人來來去去，今天記了你的名字，難保你下週就適應不良離開了，我又何必在乎你是誰呢？」吳大哥淺淺地喝了一口咖啡，沒什麼表情。
只不過周毅的臉色越聽越難看，這時候電話震動了一下。『應該是小藍打電話來了。』但這節骨眼上周毅沒心情接電話。
「你想想，《贏家周刊》招牌響亮，現在想進窄門的菜鳥有如過江之鯽，新人根本就是源源不絕。」吳大哥一字一句繼續著。「反正鐵打的營房流水的兵，不管你人來人去，能賺錢的老人不會動，有本事賺錢的新人就留下來，廣告部的營收就可以穩住，賺不到錢的自然淘汰。這就叫做鷸蚌相爭，漁翁得利！」
說穿了，原來新人只是《贏家周刊》的過河卒子。不！其實所有人都是公司的棋子，差別只是每個人的角色不同而已。新人當馬前卒，主力部隊還是要依靠老人，再透過新人與老人之間的競爭，讓不適任的自然淘汰。

『我還要繼續做嗎？就算繼續做，我能夠在這裡活下來嗎？』周毅在心裡這樣問自己。『我真的適合做業務嗎？』

吳大哥好像猜到周毅的心思。「工作沒有什麼適不適合的問題，只要想做，任何工作都可以做；你不想做，什麼工作都做不來。」

「你看我們這裡能夠待下來的業務，每個人都有幾把刷子。有人客戶關係經營得很穩固；有人電話開發很強；有人很會恐嚇客戶；像我，算是比較笨的，就只好努力一點，每天多打幾通電話，多跑幾家客戶。」吳大哥又喝了口咖啡。

「說起來也沒什麼好抱怨的啦！我在這裡待了快十年，房子買了，車子買了，生活過得還可以，兩個小朋友年紀還小，但我就是做到他們長大吧，工作不就是這樣？」

「反正想賺錢就會失去一些東西，尤其年紀越大、成家立業後，選擇就越來越少。時間就像小偷，等你發現以後，它已經偷光了你的選擇……。」吳大哥越講越小聲，彷彿也在想這樣的選擇到底值不值得？

「你可以把《贏家周刊》想做是一家自助式餐廳，想要什麼得自己伸手拿，沒人會幫你上菜。」吳大哥做了一個比喻。「菜鳥就是晚到的客人，檯面上好吃的菜都被拿光了，你們只能先撿一些老人不吃的，或是沒時間顧到的肉屑，餵飽自己再說。」

「萬一吃不飽呢？」周毅追問。

「換一家餐廳呀！不然，你就只能從別人的碗裡搶飯吃了。」吳大哥裝出兇狠的表情看著周毅，周毅有點被嚇到了。

看到周毅被自己嚇住了，吳大哥才笑了出來：「開玩笑啦！以和為貴，以和為貴。」周毅這才鬆了一口氣。

電話又震動了，周毅看了一眼，是女友傳來的簡訊。『對了，等一下要和小藍一起吃飯呀！』

吳大哥看了一下手錶。「這麼晚了呀，差不多了，今天先聊到這邊吧。」吳大哥準備起身走人了。

「吳大哥，以後我有問題可以請教你嗎？」周毅急忙開口。

「可以呀！有問題你就問我，不過要記得，千萬不要搶我的客戶。」吳大哥半開玩笑，半認真地說。

『搶客戶？我連要不要繼續做都不知道呢！』因為聽完吳大哥這席話，周毅的心裡更亂了。

11 職場上的好人卡

除了賺錢，周毅還是有些追求的！他想了解業務技巧，他想知道如何與陌生人溝通的方法，他想學寫企畫案。更重要的是，他想做個成功的上班族，讓老爹可以為他感到驕傲。

只不過，從別人的碗裡搶飯吃從來不在他的計畫內。

跟吳大哥聊完，他忽然覺得自己像個小學生，卻被丟到研究所裡上課，面對這裡的一切，周毅不僅毫無心理準備，更不知道要如何面對。

不過最起碼，吳大哥成了他在《贏家周刊》的第一個朋友，而且是年資十年的老師，算是好的開始。

現在周毅遇到任何問題，就拉著吳大哥去路易莎咖啡，或是坐在一旁聽吳大哥打開發電話，看他如何寫企畫案，偶爾幫他跑跑腿做點小事。

有位老師在身邊果然不一樣，慢慢地周毅從懵懵懂懂，開始進階到似懂非懂的階段了。

眼前雖然還是一團迷霧。但周毅似乎看到那道光了，也沒那麼害怕了。

周毅不是沒有想過，吳大哥非親非故，幹嘛對自己這麼好？

但每次想到這裡，他就覺得自己很糟糕。吳大哥就是一個老實人，或許他也想要找個可以說話的朋友，或許他只是缺一個幫他處理瑣事的小弟。

『**也或許，《贏家周刊》還是有好人吧！**』在周毅心裡面，其實最希望的是這答案。

周毅覺得，能夠真心對待別人的人，一定就是好人！

「我也想做好人。給我個機會。」周毅常常穿著西裝，在鏡子前對自己這麼說。

《贏家周刊》什麼都不缺，獨缺好人，想做好人還怕沒有機會嗎？

「周毅，來幫我搬這箱雜誌。」「周毅，幫我把這份文件送到樓上！」「周毅，幫我買杯飲料……。」一本著日行一善的個性，身為菜鳥，周毅對這些舉手之勞原本不以為意。

周毅不知道，在《贏家周刊》裡，好人通常是跑腿小弟的同義詞。

搞到後來，有些問題其實只要上網查就可以得到答案，也要來問周毅。這些人顯然不知道這世上還有一種東西叫做「估狗」。

「周毅，你知道××公司的地址在哪裡嗎？」南哥開口問。

「南哥，你上網估狗一下，它還會給你地圖，很方便的。」周毅鼓起勇氣想要說服南哥自己上網查。

「我不會打字，我只會語音輸入法！」南哥又在轉筆了。

『語音輸入法？』周毅聽不懂！

「就是我一開口，你就幫我查好，這樣不是更快嗎？」南哥漫不經心地回答。

就這樣，周毅變成了南哥的搜尋引擎，還是比較先進的語音版本！

有一天，周毅正要上樓的時候，剛好小茜進電梯。

『哇靠，小茜今天穿得好辣呀！』周毅勉強壓住心裡那隻亂撞的小鹿。

根據周毅目視測量，胸部呼之欲出的小茜，恐怕有三十四C的水準。孤男寡女同在一個密閉空間裡，搞得周毅有點心神不寧，連眼睛都不知道該往哪裡放。

小茜突然轉向周毅：「你電腦強嗎？」

「還可以！怎麼了嗎？」周毅氣定丹田，鎮定地回答。

「我電腦最近都不能上網耶，你可以幫我看一下嗎？」小茜的聲音好溫柔。

只要是宅男，都知道幫正妹修電腦是一顆毒藥丸，吞了也癢，不吞也癢。但不爭氣的阿宅，還是前仆後繼，爭著吞食毒藥丸。

「妳沒去找工程師嗎？」周毅忍痛想將毒藥丸往別人身上推。

「哎喲，你又不是不知道，我們工程師只會要我們重灌而已。」小茜跺了一下腳。

周毅覺得電梯晃得很厲害。

《贏家周刊》有一位工程師，主要工作是幫大家設定網路、Email；交情夠好的話，偶爾還會幫忙灌盜版軟體，所以大家都懷疑他的證照可能也是盜版的。

聽說只要有人電腦出問題找他，他的標準答案幾乎都是：「你這個是系統問題，要重灌！」電腦重灌是件很麻煩的事，所以只要他祭出這招，多數人就會知難而退，因此大家私下給了他一個外號叫「重灌狂人」。

雖然，周毅的電腦也沒有很厲害，不過只要想到上次鴻門宴沒能跟小茜高歌一曲，如今可以藉機到營廣組逛一下，他還是決定吞了這顆毒藥丸。

營廣組的任務是向廣告公司提案，因為廣告公司有不少好色的男採購，所以營廣組的徵人條件只有一個：一定要正妹。目前連同小茜一共四名正妹，私底下，大家都叫她們四大金釵，身為副主任的小鳳姐則是金釵之首。

周毅此刻雙眼看著小茜的電腦，心眼卻在做大範圍的掃描，整個春心蕩漾。

由於營廣組的特殊性，所以營廣組長官職缺就是眾男主管夢寐以求的爽缺，也是最受歡迎的部門。據說總經理、副總找吃飯時，總喜歡指定四大金釵來作陪。營廣組主任是林平和，聽說這傢伙平常不太做事，營廣組的業務大多是小鳳姐盯著，林平和的工作就是帶著營廣組四處應酬，算是「專業馬夫」。而私底下，他也秉持著「肥水不落外人田」的原則，常聽到他與組員糾纏不清。

記得上次聚餐，周毅就看到這傢伙將手搭在小茜的肩膀上，猛灌小茜的酒。『禽獸！』周毅當時在心中咒罵。

「搞定了！」周毅刻意拖了點時間，等到雷達掃描完畢後才開口。

「厲害喔，以後電腦壞掉也可以找你嗎？」另一位辣妹也過來跟周毅講話。

「小毅，我跟你介紹，她叫雯雯，我的好姐妹就是她。」小茜幫周毅介紹了身旁的辣妹。

「我要去跟重灌狂人說他太遜了啦，小毅就可以搞定了。」雯雯笑著說。

小鳳姐這時也湊了上來：「修好囉？就說我們營廣組需要一個男生吧！」

『其實，這只不過是網路卡設定問題而已。』周毅心想。不過光是看到正妹，周毅就非常想請調到營廣組當工程師。

經此一役，再透過營廣組的口碑宣傳，「周毅的電腦很厲害」的傳言傳開了。

這下子，周毅的好人卡源源不絕湧進，「重灌狂人」對此不但不生氣，更樂意看到有人加入修電腦的行列。

「周毅，影印機卡紙了！」（把紙抽出來不會喔？）

「周毅，傳真機不能傳了耶……。」（傳真紙沒了怎麼傳？）

「周毅，印表機當機了。」（換墨水！換墨水！）

「周毅，廁所的燈壞掉了啦！」（喂，別太過分了！）

這下子，周毅的業務範圍忽然擴大了，只要有插電的都歸周毅負責。他當然很不想做這些事情，但又不好意思拒絕。正妹的毒藥丸就算了，但有些前輩還真把周毅當作助理使喚。

周毅越想越悶，趁著學長打電話來關心時，跟學長抱怨，但學長聽完後卻是哈哈大笑。

「誰叫你色迷心竅，現在爽了吧你。」學長有點幸災樂禍。

「別光說風涼話啦！我覺得很煩耶！」周毅很無奈。

「把不想做的事情都推給同梯呀，就說你在幫老闆處理事情不能分身，不然就說你不會就好。」學長簡單給了個建議。

「對呀！最菜的又不只我，幹嘛什麼事都要我扛？」周毅越想越不爽。

「菜鳥領好人卡本來就是天經地義，但如果不想一直當菜鳥，就不要傻傻地什麼卡都領。因為好人卡領久了就會被當作理所當然，也沒人會感謝你，『濫好人』是沒有人會感激的。」

說也奇怪，從周毅之後，公司就再也沒有新人進來了，害他一直無法把好人卡交接下去。

「如果大家都能叫你做事，那意味著你一點也不重要。」學長補了這一句。「對了，我下個月確定要升官了，找時間吃飯吧！」

『學長要升官了耶！不知道他們那邊有沒有缺人？』周毅還來不及問，學長就已經把電話掛掉了。

講完電話後，南哥又把周毅叫過去問為什麼電腦不能上網，滿臉大便的周毅查了一下，原來是因為網路線被南哥自己踢掉了。

周毅本來想直接把網路線插上的，但他忽然想起學長說的話。

於是他對南哥這麼說：「你這個可能是中毒了，要重灌喔。」

第12天上掉下來的禮物

第四個星期一下午，吳大哥跟周毅又約在路易莎碰頭。

「你業績什麼時候要開胡呀？」吳大哥坐下沒多久就單刀直入。

「不知道，我還沒有拜訪過客戶，大部分時間都在當水電工。」周毅有點無奈。

「你知道嗎？每次有新人進來，我們都會有個賭局。」吳大哥賊賊地笑。

「什麼賭局呀？」周毅好奇地問。

「很簡單呀！我們會賭哪個新人能撐過三個月，還有誰會是第一個開胡的新人。」

「真的假的？那我們這一梯的賠率如何？」想到自己變成投資標的，周毅的興趣也來了。

「這一梯喔！我們看好你跟小潘應該能撐過三個月，至於誰先開胡⋯⋯。」吳大哥頓了一下，故作神祕。

「是誰是誰，你們壓誰？」周毅忍不住開口追問。

「幾個長官都壓小潘先開胡啦，不過我賭你就是了，一千元，夠義氣吧！」吳大哥宣布答案。

「為什麼是小潘？」周毅有點不服氣。

「他有人罩呀，他是老沈介紹進來的，哪像你還在當水電工？」吳大哥哈哈大笑，繼續說。

「你們這一梯剩下四個，聽說短時間內不會補新人了。」

難怪周毅一直覺得小潘很進入狀況，這小子每天打卡後就不見了，看來好像已經在跑客戶了，不像周毅名片都印了，但一張都還不曾發出去過；另一個同梯看起來更迷惘，每天在辦公室無所事事。

「我跟你說啦，很多人當業務，不只是因為有錢賺，而是要享受那種成交的感覺。這世界最遙遠的距離，就是把錢從你的口袋搬到我的口袋來。」吳大哥眼睛一亮。「只要成交過一次，你就會覺得一切辛苦都值得了。」

「吳大哥，那你可以帶我出門跑業務嗎？我想學。」周毅很認真地問。

吳大哥想了一下：「也好，帶你出去見見世面，也保障我的賭注。」

隔天，吳大哥帶周毅去拜訪客戶。進公司後，這還是第一次出門談生意，周毅顯得異常興奮。吳大哥跟這家客戶算是老朋友了，其實他已經提過企畫案，算是成交客戶了，吳大哥今天的任務，只是來跟客戶哈拉打屁，順便拿委刊單。委刊單就是廣告合約，簽了委刊單，就代表要刊登廣告了。因此對廣告業務來說，委刊單就等於白花花的鈔票。

離開之後，周毅問吳大哥：「你們好像都在聊天耶！這樣就是開發客戶嗎？」

「其實一般來說這叫『經營客戶』，就是經營關係。通常客戶都要拜訪很多次以上，才會有機會登廣告。我們會先讓客戶知道《贏家周刊》是什麼，我們能提供什麼服務，他們的預算有多少……。」吳大哥一項一項講給周毅聽，周毅也一項一項寫在筆記本上。

「好難喔！要記住這麼多事情。」周毅有點手忙腳亂。

「拜託！賺錢還嫌難喔！你看我們今天來一趟，輕輕鬆鬆十八萬業績入袋，大概可以賺十%，一個月做兩筆就好，加上底薪，月薪最少五、六萬。」

吳大哥在周毅眼前晃了晃委刊單。「你有志氣一點好不好？我可是下了注在你身上耶。」

『我又沒叫你賭……。』周毅摸摸鼻子，不過他也不想被人看扁就是了。

幾天後，吳大哥又來找周毅。

「我明天下午約了一個新客戶，帶你一起去，這次讓你看看怎麼開發新客戶。」吳大哥說。

『進來都快一個月了，得趕快進入狀況呀！』周毅答應了。

等到隔天中午，吳大哥打電話過來了。「小毅，我現在人在桃園，今天有個大專案要跟董事長報告，我可能趕不回去了。」吳大哥有點抱歉地說。

「什麼！那現在怎麼辦？」周毅有點失望。

吳大哥想了一下。「你自己去可不可以？」

「不行啦！我從來沒有拜訪過客戶耶，我連要說什麼都不知道！」周毅有點慌了。

「吳大哥也沒什麼可以幫的，這個客戶就直接給你，你去聊聊看啦！反正就當作交個朋友，沒事的啦！」吳大哥鼓勵周毅。「不說了，你知道地址，加油吧！」電話掛斷了。

這下好了！大姑娘要被趕上花轎了。周毅只得憑記憶，趕緊拿了些必要資料，像是簡介、廣告價目表，當然沒忘記穿上BOSS外套，硬著頭皮出發。

到了客戶公司樓下，周毅忽然有點膽怯，在客戶門口反覆踱步，不知道該不該進去。這時候，內心傳來一個聲音：**『周毅，你這沒用的傢伙，難不成要一輩子幫正妹修電腦嗎？』**「幹！我不要，我要做金牌業務！」周毅忽然大吼了一聲，把經過的路人嚇一跳。「不管了，反正都來了，不入虎穴焉得虎子？」

周毅邁開腳步，走到客戶的櫃檯。「你好，我是《贏家周刊》的廣告專員，我跟翁副理有約。」櫃檯正妹很客氣地把他帶進會議室等待，會議室很安靜，周毅彷彿可以聽見自己的心跳聲。

「你好，我姓翁，您是吳先生嗎？」進來一個彪型大漢，手上拿了張名片。

周毅連忙起身。「吳先生今天有會議，我是他的同事，他請我來拜訪您。」

周毅拿出生涯的第一張名片準備交換，萬寶龍的名片夾終於派上用場了。或許是有點緊張，名片還拿反了。

「我們坐著聊。」翁副理人很客氣。

沒多思考，周毅掏出簡介開始介紹。「副理，這是我們雜誌的介紹，《贏家周刊》是業界發行量最大的財經雜誌……。」不知道為什麼，周毅忽然想起四不一沒有的那一套。

「《贏家雜誌》我們很熟了，公司上下都是貴刊的讀者。」翁副理打斷周毅的話。

『很熟？完蛋了！吳大哥沒教過客戶如果對產品很熟要怎麼辦？』周毅忽然福至心靈，

想起書上說要傾聽客戶的聲音。「那我們可以怎麼協助貴公司呢？」

「我們最近有新產品上市，想在貴刊登個廣告。」翁副理順手拿起一本周刊翻閱，指著一張跨頁廣告。「就像這樣。」

『什麼？吳大哥只說客戶關係要經營，但沒教過我客戶如果想登廣告該怎麼辦呀！』周毅有點傻了，這完全超過他的預期。

「這是我們的廣告價目表，我認為跨頁廣告相當符合貴公司的品牌形象。」又是四不一沒有那套，周毅忽然覺得自己反應很快。

翁副理看了一下價目，沒幾秒就開口。「好，我們就登跨頁廣告。」

『見鬼了！吳大哥說要拜訪好幾次客戶才會登廣告的，這是成交的意思嗎？』周毅的心臟跳得很激烈，萬萬沒想到老天竟然丟禮物下來了。

「這裡有一份委刊單，請您蓋上公司大小章之後再回傳，收到委刊單之後，再跟您說後續該怎麼做。」周毅雖然記得帶委刊單在身上，但沒想到今天竟然就派上用場了。至於收到委刊單之後到底要怎麼做？周毅心裡一點也沒譜，反正先用緩兵之計，回去再想辦法。

「不用麻煩，委刊單我現在簽給你，你等我一下。」翁副理走出會議室。

太誇張了，現在老天爺不僅要丟禮物下來，還打算直接派快遞給周毅簽收。萬事具備，連東風都有了，周毅準備回去把那些業務開發的書都丟了。

沒多久，翁副理就拿著委刊單走回來，周毅盯著委刊單雙眼發亮。

周毅完成了第一筆廣告交易。

「好的，我回去跟公司回報之後，再撥電話給你，跟您報告後續進度。」拿著委刊單，周毅的手有點發抖，這是一筆大業績，超過目標快兩倍。

離開客戶公司，周毅簡直不敢相信，一切竟如此順利，沒講幾句話，將近四萬元的佣金就入袋了。他終於理解，吳大哥口中的「成交」是什麼感覺了。

只有一個字可以形容——爽！

在回程路上，周毅撥了通電話給吳大哥：「吳大哥，我是小毅。」

「沒被客戶趕出來吧？一切還好嗎？」吳大哥顯然又做成一筆生意，心情也不錯。

「我跟你說，客戶登廣告了。」周毅緩緩地說。

「你說客戶想登廣告？那很好呀，回來幫他們寫個企畫案。」吳大哥聲音有點訝異。

「不是，我說客戶確定要登廣告了，我委刊單簽回來了！」最後那句周毅說得很清晰。

一陣靜默後，吳大哥大叫：「他媽的臭小子，你真的開胡了！太扯了！快拿著那張委刊單滾回來，我要拿它去收我的賭金！」

進來《贏家周刊》還不到一個月，周毅就作成了生涯第一筆生意。

正確地說，是「莫名其妙」作成第一筆生意。

『但我喜歡成交的感覺。』周毅在捷運上，整個沉浸在這種感覺之中。

看到你這樣，我又有點不忍心了，就把筆電拿出來給你。兩個人都不開心的時候，總得有一個人先放下自己的情緒吧。

你看到筆電當然眼睛一亮，整個人又活了過來，

一下子打開電腦，問我像不像菁英人士？一下子又說要用這臺電腦，賺好多好多錢回來。

雖然我心裡還是不太高興。但每次只要看到你耍寶，我就生氣不起來，真是被你打敗了！

我問你還有沒有繼續投履歷？

你靜了一下，說沒有公司通知面試，又說既然有了筆電，那就認真工作吧。聽你這麼一說，我又有點後悔買筆電給你了。

晚上你送我回家，跟我道歉，說下次再也不會不接我電話了。既然你道歉了，我也不跟你計較。

我跟你說，反正下次再不接電話，我就再也不理你。我也說了，我還是希望你能繼續投履歷，看看有沒有其他機會。說真的，你告訴我越多工作的事，我就越不喜歡這家公司。

我不喜歡你喝醉；不喜歡你因為工作不接我電話；更不喜歡我們約會時，你老是臭著一張臉；我不喜歡，我真的很不喜歡……

瑪法達說本週愛情是「現實矛盾」。

真的好準，我現在真的好矛盾，不知道是希望你繼續做，還是離開算了？

她的私密日記3

Mon Sep 18 22:05:23

作者｜ Blue（小小藍）

看板｜ Blue

標題｜ [愛情]現實矛盾

今天晚上我有點生氣，不，是非常生氣。

上禮拜聽到你說需要一部筆電。今天下午我特別請了假，一個人偷偷跑去光華商場，幫你挑了一部筆電。想說晚上吃飯的時候可以給你一個驚喜。

明明約晚上七點吃飯，遲到就算了，打電話給你也不接，簡訊也不回，讓我一個人等了半個多小時。

前天也是這樣，打給你根本找不到人，隔天問你，你說喝掛了，回到家就睡死了。

電話不接，那辦手機幹嘛啦！

虧我下午請了假去幫你買筆電，我幹嘛這麼雞婆？

想到這裡，我不只氣，還覺得委屈。沒想到你一來，臉色比我還難看。你說剛跟一位大哥在講話，看起來很嚴重，害我一時之間也不好發作。

其實聽你轉述完《贏家周刊》的情況，我也覺得好扯喔！

一家大公司怎麼會這樣對待員工呀？

而且才進去沒幾天，就讓員工喝成這樣，真的很誇張耶！

貳、殺戮戰場

時間：約莫十個月前　／　地點：某公園

「你知道原住民最厲害的是哪兩族？」

「布農族跟阿美族？」

「我們都是金錢國度的原住民，想在《贏家周刊》生存下來，

不滿足跟不知足就是必要條件。」

@？%#！

MONDAY

13 夾縫中求生存

帶著生平第一筆訂單，周毅回到了辦公室。

辦公室真是沒有祕密。周毅前腳才進門口，南哥就大喊了一聲：「你這小子害我輸了一千元，有一套！」

小茜也打分機下來，嚷著要周毅請吃飯。

才爽沒多久，林胖子就把周毅叫到跟前，反覆看了委刊單，只差沒在燈光下看防偽標籤，然後才拍拍周毅的肩膀：「這個客戶你布局多久呀，怎麼都沒聽你提過呀？」

周毅很想帥氣地說：「這個局我已經布一年了！」但他心裡很清楚，這是瞎貓碰到死耗子，矇到的。

林胖子把周毅的委刊單影印，貼在公告欄上，然後對著幾個菜鳥說：「我早說周毅是明日之星，你們這些到現在業績還掛蛋的給我小心點，多跟周毅學學。」

『明日之星？我怎麼沒聽你說過？』周毅忽然覺得林胖子很假掰。

最開心的莫過於吳大哥，或許是因為贏了幾千元，也或許是覺得與有榮焉，吳大哥看起來比周毅還樂。

「你該去買張樂透了！」吳大哥喜孜孜的。「不過做業務是跑馬拉松，接下來就不能只是靠運氣了。」

一些長官、同事大多為周毅高興，偏偏老沈反應冷淡，按說他是周毅的直屬長官，周毅的業績也就是老沈的業績，但他不但一點喜悅的表情也沒有，反倒冷冷地對林胖子說：「這客戶以前是我在跑的，他們董事長跟我很熟。」

林胖子反脣相識：「你在跑的？那他怎麼會去找一個菜鳥登廣告？」

周毅有點糊塗了，這客戶明明是吳大哥帶他去開發的，然後老沈說客戶是他在跑的，到底是怎麼回事？

雖然沒有頭緒，但周毅卻知道，聽起來不是好事情。

果然，沒多久翁副理的電話就來了。

「周先生，你們剛剛有位沈副主任來電話，說我們家的廣告原本是他負責的，把我罵了一頓，這是怎麼回事？」翁副理一頭霧水，周毅更是摸不著頭腦。

「對不起副理，我想，應該是誤會。」周毅想了半天，只迸出這個答案。「我幫您問問，您不用擔心。」

電話才剛放下，周毅馬上打了內線給吳大哥。

「老大，副座剛剛打電話去給客戶耶，這是怎麼回事呀？」周毅把他聽到的告訴吳大哥。

「他的客戶？這家客戶從沒登過廣告，什麼叫做他的客戶呀？」吳大哥一副義憤填膺的樣子。「不用理他，廣告拿回來就是你的了。」

吳大哥頓了一下，看周毅還是手足無措的樣子，低聲跟周毅說：「老地方見！」

這是兩個人約定喝咖啡的暗號。

到了咖啡廳，吳大哥把《贏家周刊》的遊戲規則告訴了周毅：原來這裡有客戶保障制度，任何客戶只要登了廣告，三個月內以內，其他業務都不可以再去接觸，否則就是「踩線」，也就是從別人碗裡搶飯吃的行為。

這個原則看似沒什麼問題，但仍有很多模糊地帶。例如：「如果是四個月前登廣告，那就可以去接觸了嗎？」周毅開口問。

「每個客戶登廣告的頻率不一樣，有些客戶就是半年才會登一次，原則上我們會有個默契，就是別去接觸同事的客戶。」吳大哥說。

「什麼叫做『原則上』？」

「如果你知道某家客戶之前跟某個業務登過廣告，就算已經超過三個月，原則上我們也不會刻意去接觸。」吳大哥繼續說。「除非你擺明想跟這位同事翻臉，或是業績缺得兇，或是客戶剛好自己送上門。」

「太好了！所以現在我是動到老闆的客戶囉？」周毅慌了，天上掉下來的禮物果然不能亂撿。

「也不能這麼說，這客戶是自己打電話過來雜誌社，再轉接到我這邊的，你也不是故意的。」吳大哥安慰周毅。

「何況客戶窗口應該也換人了，新的窗口不認識老沈，我看老沈根本跟客戶不熟，隨口胡謅。」

「總之，不要管老沈怎麼說啦！」吳大哥的聲音又氣憤了起來。「本來上面就規定，副主任以上就只能協助同仁，不能自己經營客戶，他根本不能跑客戶呀！」

「那在這裡當官豈不是很倒楣？」周毅有點不解。

「本來就該這樣呀！是林胖子管不住老沈才會這樣，不然每個裁判兼球員，我們怎麼可能比得過長官？」吳大哥身子向前傾。「他發紅牌給你，然後自己把球踢進門，這像話嗎？」

周毅越想越不對。

「如果我們去開發客戶，老前輩都說他在服務了，那新人怎麼辦？」

「好問題！」吳大哥笑得很詭異。

「現在你知道為什麼新人都留不住了吧？」

「別說新人了，老同仁之間，三不五時也會因客戶問題鬧不愉快，聽說有時還會為此大打出手呢。」吳大哥收起了笑容，輕聲嘆了一口氣。「誰叫現在景氣不好，生意不好做。」

聽到這裡，周毅大致了解《贏家周刊》的業務原則是什麼了，那就是「沒有原則」。

才剛回到座位，周毅桌上的電話就響了，是小茜。

「欸，你們老闆剛剛晃到我們這邊，說你搶他的客戶，怎麼回事呀？」小茜壓低著聲音。

「我……我不知道怎麼會這樣？」周毅的腦子一片混亂，不過對於小茜特地打電話告訴他這件事，他覺得很感動。

周毅想了一下，他不喜歡被人誤會的感覺，更不喜歡莫名其妙被扣上帽子，他決定直接去找老沈說清楚。

「副座，我有事情想跟您報告。」周毅小聲地說。

「什麼事？」老沈還是一副死樣子，眼睛盯著電腦。

「那個客戶，我不知道之前是副座經營的客戶。」周毅盡量讓自己的聲音聽起來很平靜。

「如果副座覺得我搶了你的客戶，我可以把客戶還給你。」老沈把目光從螢幕移到周毅身上，頓了一會兒才開口。「沒關係，反正這個客戶我也很久沒跑了，以後就交給你吧。」

『啊？沒想到老沈這麼通情達理？』周毅有點意外，不知道耳朵有沒有聽錯。

「謝謝副座，我知道了。」周毅準備轉身離開。老沈忽然想起一件事。「等等，我這裡有一份客戶名單，你拿回去開發，看看有沒有幫助。」

『見鬼了，老沈怎麼突然對自己這麼好？』周毅這下可驚訝到眼珠快掉下來了。

拿著這份客戶名單，周毅一回座位馬上開始打電話約拜訪，既然和老沈講開了，周毅決定再接再厲，看看還有沒有禮物從天上掉下來。

到了下午，小鳳姐走了過來！

「小毅，我有話跟你說。」小鳳姐表情有點嚴肅。

「怎麼了？小鳳姐。」周毅感覺到一股殺氣。

「我告訴你喔，國泰民安是營廣組的客戶，他們也登過廣告了，你不要再打電話過去了。」

小鳳姐劈里啪啦一口氣說完，完全沒給周毅答辯的機會。

『騷擾客戶？怎麼回事？』周毅一頭霧水，翻了一下客戶名單，小鳳姐口中的客戶就在上面。

隔天，林平和主任也下樓關切了！

「周毅，你怎麼會打電話給華瘦電腦咧？他們跟我說你今天要去拜訪他們。」

「我跟你講，新人積極是好事情，但不要搞不清楚狀況喔！」話說的很不客氣。

沒多久，連吳大哥也打內線過來了：「小毅，你怎麼連我的客戶也打電話去開發了？」吳大哥口氣聽起來相當不悅。

『怎麼回事呀？為什麼大家都叫我別搶他們客戶？』周毅翻了一下老沈給的客戶名單，林平和主任和吳大哥口中的客戶，果然都在上面。

「吳大哥，老地方見。」這次換周毅主動開口了。

到了咖啡店，周毅把事情的經過，一五一十說給吳大哥聽。「客戶名單拿出來我看看。」

吳大哥面無表情，不過在看了一眼名單後，馬上罵了一聲：「小毅，你被耍了啦！」

「什麼意思？」周毅愣了一下。

「這名單上的客戶，都是最近登過廣告的啦！」吳大哥為周毅解開謎底。

「什麼？怎麼可能！」周毅把名單搶回來。

「老沈整你的啦，故意拿了張名單要你揹黑鍋！」吳大哥嘆了口氣。「下次拿到類似的玩意兒，先讓我看一下。」

『**爛透了！真的爛透了！**怎麼會有長官做這種事？』周毅覺得非常氣憤，桌子一拍準備回去找老沈理論。

「算了啦！老沈就是這樣小心眼，擺明要整你，你以後很多東西都要經過他，跟他對幹對你也沒好處。」吳大哥把周毅勸了下來。

「老大！」周毅忽然想起一件事情，「怎麼我打電話過去，你們都會知道，太神了吧？」

「拜託，在這種險惡的環境裡，消息來源不夠快，早被別人生吞活剝了。」吳大哥笑得很無奈。「沒聽過『資訊就是力量』這句話嗎？」

然後兩人沒再說話，只是默默喝著咖啡。

準備要離開的時候，吳大哥忽然開口問了周毅：「你去過烘爐地嗎？」

「沒有！」周毅被問得莫名其妙。「那不是土地公廟嗎？」

「對！每次我業績不好，運氣不太順的時候，我都會上那兒拜拜土地公。」吳大哥問。「現在想不想去？」

周毅並沒有拜拜的習慣，但既然吳大哥開口了，周毅自然沒有拒絕的理由，更何況，按照他現在的處境，求神拜佛大概也是目前少數能做的事情吧。

14 學習垃圾話

進《贏家周刊》一個半月了，因為撿到一個大客戶，讓周毅可以稍微喘息一下；沒多久，小潘也簽進一家廣告客戶，手腳也很快。

這下子可苦了孟文，一天到晚被追問業績在哪裡？

雖然警報暫時解除，但周毅還是覺得不太踏實，很大的原因在於：周毅覺得自己跟這裡格格不入，每次進辦公室，就覺得渾身彆扭不自在。

觀察了一陣子，他才發現問題出在大家講的話似乎不一樣。

因為在《贏家周刊》，大家都是用一種特殊的語言在溝通，學名叫做「應酬話」。

什麼叫做應酬話？基本上這是口腔彈道學的一種分支，周毅比較喜歡用「垃圾話」來稱呼這種句型：乍聽之下覺得很順耳，實際上有點殺傷力，但本質上一點意義也沒有。

垃圾話有點像是棉花糖，外面包裹著糖霜，剛入口覺得很甜，等你嚼兩下之後才發現其實什麼也沒有吸收到。一般來說，垃圾話只存在某些特定場合，例如茶水間、樓梯間、布告欄前，或是應酬的場合。

偏偏，垃圾話已經內化成《贏家周刊》的一部分了。大部分的人，在大部分的情境下，都用垃圾話在問候彼此的。

例如某一天，林平和主任看到周毅那張被貼在布告欄的委刊單，周毅正好在附近。只見林平和主任鼻子裡「哼」一聲，垃圾話也脫口而出：「哎喲（尾音上揚）！現在新人委刊單都被貼在布告欄上了，真是江山代有才人出呀！」然後轉頭看了一眼周毅。「小毅，你說是不是？」

這還真是「人在家中坐，砲從天上來」！委刊單也不是周毅貼的，這一句不軟不硬的話打過來，周毅說是也不是，說不是也不是，只能呵呵乾笑兩聲。

又某一天，有個大哥看到周毅今天穿著西裝，不知道哪根筋不對，馬上來一記垃圾話問候周毅：「小毅每天穿這麼帥，營廣組的美眉一定愛死你了，我們這些老屁股該怎麼辦喔（尾音上揚）！」

還在思考怎麼回話，大哥已經搖搖擺擺離開現場了，留下周毅一個人回想自己剛剛怎麼回事，呆若木雞。

周毅不是一個能言善道的人，他不會主動用垃圾話問候同事，面對垃圾話來襲，他更是苦於無法回嘴，只能像個啞巴陪笑，被平白無故吃豆腐，有時想想真的挺不爽的。

這樣下去實在不是辦法，周毅忽然想到打電話給學長請安。

「學長，好久不見了啦！」

「你還沒陣亡吧，新工作還習慣嗎？」學長爽朗地問。

「不太習慣，這裡每個人都是老狐狸，我像是誤闖叢林的小白兔，搞得自己像啞巴一樣，不舒服。」

「你這樣會被吃死死啦！敵人很難搞，你就要比他更難搞。」

「應酬話不難學啦，就跟學英文一樣。」學長又要開課了。「多練習、敢開口就對啦！」

在電話中，學長把這幾年累積下來的垃圾話功力，傳授給周毅。

學長說，垃圾話有三寶：「自然、嘴甜、戴高帽」。垃圾話要順耳，自然出口是第一要件，如果講得扭扭捏捏，太過刻意，場面會很尷尬；再來，嘴巴甜一點，讓每句話聽起來像裹上一層糖蜜，什麼髮型很美、衣服好好看這一類的，對女孩子格外有用。人是愛戴高帽子的動物，多開口稱讚別人，就當作日行一善做功德。

學長接著傳授垃圾話實務操作四原則。

第一個原則是用對稱呼。不管看到誰，名字後面加個什麼哥什麼姐的，這是基本常識；嘴巴甜一點的，逢男必稱帥哥，逢女必稱美女，但要小心，別給人油腔滑調的感覺。

如果是關係好一點的前輩，可以喊一聲「老大」、「老闆」、「頭兒」；如果有幸往上爬，跟著職稱喊也可以（記得別喊錯）。至於X老、X爺也是一頂高帽子，若干高層據說還可以用X公來稱呼。

周毅不太會記人名，記得剛來的時候，每次看到前輩，名字還沒想起來，人已經走到面前了。於是周毅只好拿出唱歌含滷蛋的發音，每次都是「◎＊哥」、「％＃姐」含混帶過。

第二個原則，說垃圾話就像打太極拳。

人家怎麼來你就怎麼回，然後加個「比較級」打回去就對了。說我是帥哥？再帥也不會有你帥；說我喜上眉梢？哪有你的氣旺呀！對初學者來說，這種太極拳是非常好的防禦技。

第三個原則，言必稱領導。

不管別人怎麼稱讚你，反正都是長官英明神武，領導有方，我只是運氣好而已。這種句型在應酬場合格外有用。

第四個原則，以靜制動。

垃圾話也是屬於「先求不傷身體，再講究療效」的防禦技巧，動不動講垃圾話的人，通常成不了大器。除非在應酬或是特定場合，一般來說，菜鳥最好不要開口閉口就是垃圾話。

「好噁心喔，我為什麼一定要學這個？」聽學長講完，周毅有點反感。

「你當然可以不用學呀，但在職場如果想往上爬，免不了都得會幾句。」學長口氣放緩。

想到自己竟然需要練習這種言不由衷的場面話，周毅覺得還是做好自己分內的事情比較重要。

「應酬話是職場必要之惡，有些關鍵時刻會派上用場的。啊！我要去開會了。」學長又要掛電話了。「升官以後比以前更忙了，再找時間吃飯吧！」

「副總要來巡視了。」才掛完電話，就有同事來通風報信了。

《贏家周刊》的副總經理，緩緩地走到開發組來，這可是周毅第一次看到這位廣告部二當家。這時只見一群老人馬上站起來迎接，說時遲那時快，南哥一馬當先，準備為大家示範垃圾話的實務操作。

「副總吉祥。」南哥開頭來這一句，周毅覺得有點作嘔。

「阿南，人逢喜事精神爽，你最近業績不錯喔！」副總笑笑地回。

「托副總的福，沒有副總的栽培，我們哪有業績可做？精神再爽也爽不過您老人家。」標準的垃圾話，但副總卻聽得笑呵呵。

「努力點，明年升你當主管，帶領我們《贏家周刊》。」副總回敬一句。

「哪兒的話，把業績做到本來就是分內的事，但我們不可一日無副總呀。」

聽到這，周毅快吐了，這種話要能說出口，不知需要多少時間修煉。

接著，副總的目光掃向周毅。

「這位小兄弟是新來的呀！」副總好奇地看著周毅。

「對呀，很優秀的新人。小毅，還不跟副總介紹一下自己。」南哥好心把球做給周毅，殊不知他的道行尚淺，哪有本事接下這顆球。

慘劇發生了！

「副總，我……我是……托福……吉祥……我叫周毅。」嗯嗯啊啊半天，周毅最後還是只能把自己名字講完整，氣得南哥猛翻白眼。

球沒接到手，反而被砸在臉上，當真是「臣惶恐」呀。

副總笑了笑，眼光飄向小潘。「這位也是新人嗎？」

「報告副總，大家都叫我小潘，是開發組的新人。」小潘答得簡潔有力，但周毅很想去死。

「在這裡還習慣嗎？」副總關懷地問。

「非常習慣，幾位前輩對我們都很好，沈副座也教了我們很多業務技巧，所以前幾天我已經順利帶進廣告了。」

『他媽的，小潘你有完沒完？』周毅在心裡咒罵，明明是自己先破蛋的，沒想到光環竟被小潘給搶了。

「哦，這麼快？有前途，你說你叫小潘是吧？」

副總拍拍小潘的肩膀，然後飄然離去。

周毅終於了解，學長那句「關鍵時刻是會派上用場」是什麼意思了，剛才就是關鍵時刻，而他就這樣錯過一個自我表現的機會。

周毅當下決定學好垃圾話，因為這實在太重要了。

據說後來有很長一段時間，副總都是用「那個有語言發展遲緩的新人」來形容周毅。

15 公司裡的賢人

自從上次的打擊後，周毅發憤圖強，開始嘗試學講垃圾話，一心想擺脫「語言遲緩」的惡名。觀察了一陣子之後，周毅慢慢發現在《贏家周刊》，官位越大，垃圾話越會講，企圖心越大，垃圾話講得越用力。

像老沈，平常把下屬當狗笑也不笑，不過看到副總卻是搖尾乞憐，堪稱是「不苟（狗）言笑」的代表；至於林平和除了一天到晚跟四大金釵廝混以外，也是一天到晚跟在總經理身邊拚命討好。如果講講垃圾話，但還能做事情也就罷了，頂多就是違反噪音管制法。

但周毅越看越覺得：《贏家周刊》除了業務之外，真的看不出這些長官有什麼實質貢獻。

舉例來說，《贏家周刊》有個編制叫「專案組」，自成一格不與外人打交道。專案組神出鬼沒，很少進辦公室，不用打卡，每個看起來都很優雅，而且坐領高薪，進行著永遠看不到、摸不著，也搞不清楚的專案。

又例如，《贏家周刊》有個「企畫組」，同樣也不太跟外人打交道。企畫組沒有兵，只有美女企畫主任一名。按說企畫組應該是協助業務製作企畫案，但事實上業務向客戶的提案，也都是業務自己製作的。企畫組存在的意義，就像獅子的鬃毛一樣，成了一個難解的傳奇。

尤其最近，周毅才很驚喜地發現，自己竟然是少數用PowerPoint寫簡報的人，當吳大哥看到周毅的PPT時，驚訝得眼珠都要掉下來了。

『用PowerPoint提案，不是基本常識嗎？』周毅心想。

當吳大哥開口跟他要簡報檔案的時候，周毅雖沒有拒絕，但也跟吳大哥加了個但書：「機密資料，請勿外流。」好人卡領多了，周毅也學乖了，他實在不想到後來變成簡報技巧的講師。

這天下午，吳大哥跟周毅又在老地方碰頭了，只不過兩人才剛踏進咖啡廳，就見老沈跟江姐迎面走出來。吳大哥只微微向兩人點了頭，周毅則連忙開口兩位長官問好，但兩人彷彿沒聽見似的，只是快步離開咖啡廳。

「沒想到會碰到兩位主任。」上班時間跑來喝咖啡被老闆發現，周毅不免有點忐忑。

「喔！別管他們啦！沒事。」吳大哥淡淡地回答。

「對了，吳大哥，我想問你，那個專案組跟企畫組到底在幹嘛的呀？」周毅提出他的疑問。

「怎麼會問這個？」吳大哥用湯匙攪動一下咖啡。

「就很好奇！我發現這裡的長官好像都很閒耶！」周毅聳了聳肩。

「這裡賢（閒）人可多囉！」吳大哥忽然小聲了起來。「每個閒人的背後，都有段不為人知的故事。」這才娓娓道來《贏家周刊》閒人的故事。

原來，專案組是隸屬最高層的單位。主任名叫李尚勇，是法律系畢業的矮騾子，光聽這個名字就知道他很勇，因為不勇不行。專案組的任務，就是接收其他組正在進行或進行得差不多的專案。據說他們的經典臺詞就是：「這個案子你不用管了，總經理交代我來接手。」專案組是總經理人馬，官銜不大，權力卻很大，具體工作內容就是跟業務搶飯吃，要搞你的時候，還會端出「這是為公司好」的大帽子，公司的業務都恨不得把專案組的蓋布袋，怪不得他們都不用進辦公室。

「那麼，企畫組呢？」周毅算是開了眼界，接著問。

企畫組主任名叫廖淑芬，據說以前，《贏家周刊》是沒有企畫組的，自從副總經理到任之後，才成立了企畫組。

也因為之前沒有企畫組，自然就不會有工作內容。也因此美麗的廖主任，每天早上就提個大包包出門，傍晚又提個大包包回來，我們可以假設，廖主任出門奔波在提案；但大部分時間，她的工作內容是陪副總吃飯，安排要到哪裡吃，要帶幾瓶麥卡倫這一類的問題。

「具體來說，企畫組是『企畫』副總經理的娛樂生活。」吳大哥又攪了一下咖啡，閒人的傳奇繼續講下去。

還有那個人事主任江姐，也已經閒到發展外務了。因為周刊的人事還算穩定，基本上人事部也算是西線無戰事的部門。所以這位江大姐在公務之餘，會自發性發起一些團購。

「怪不得常常在布告欄裡面，就會看到牛舌餅的團購，明治冰淇淋的團購，首爾旅行的團購，麻豆文旦的團購……。」周毅恍然大悟。「原來江姐還兼任福委會主委呀！」

「可不是嗎！後來團購的生意越做越大，業務範圍也擴大到整個贏家集團，江姐已經準備在臉書上成立一個社團，來處理團購業務了。」吳大哥啜了口咖啡。「聽說這個社團要取名為『年貨大姐』，害我都想加入了。」

「這樣也行喔？」周毅越聽越覺得不可思議。

「江姐的二哥是總公司的高層，有人撐腰的。」吳大哥不屑地笑了一下。

『看來回去得趕快加入年貨大姐的社團才行。』周毅偷偷在筆記本記下來。

最後一個，就是財務部的活寶——孫師姑，因為她的口頭禪就是「凡事要感恩呀」。

師姑每天早上九點半來，先吃半小時早餐，再看半小時報紙，接著開始上網；中午用餐到下午兩點，用餐後再拿起充氣枕頭、棉被，睡個一時半刻（睡覺的道具倒是一應俱全），醒來後伸個懶腰晃一下，沒多久天就黑了，然後六點半準時下班。

比較誇張的是，照理說搞財務的應該要很細心才對，但師姑卻是不折不扣的天兵。「師姑最常接到的電話，就是銀行打來說少蓋印章的，只要聽到她電話接起來，然後大叫一聲：『哎喲！瞧我這記性！』你就知道她又出包了。」吳大哥說。「只有總公司要來查帳時，才會難得看她緊張。『唉呀！這個我搞錯了。』『厚！那個我沒改到。』」

「她該不會又是誰的誰吧？」周毅笑了出來。

「正是！她是總經理的私人帳房，可能總經理覺得修道之人不會變壞吧？」吳大哥卻沒什麼笑容。「這裡見不得光的事情實在太多了。」

「這些人也未免太爽了吧？」周毅忽然覺得命好苦。

「每位閒人的背後，都是有後臺的呀！」吳大哥苦笑著說。

『**真是命苦不能怨政府呀！**』周毅心想。

「李尚勇、廖淑芬、江姐、師姑，再加上整天當馬夫的林平和，還有待退的雄哥，人稱『贏家七賢』。」吳大哥哼的一聲。

「等等！才六個人呀，哪來的七賢？」周毅腦筋可清楚的。

「本公司排名頭位的閒人，不就是我們的楊總經理嘛？」吳大哥哼一聲。「你聽過哪一位總經理不會算每股盈餘的嗎？有！就是我們楊三寶總經理。」

「他叫楊三寶？」周毅對這俗不可耐的綽號感到好奇。

「三寶是我們私下封給他的。因為楊總有三寶，逢迎、嘴砲、捅黑刀！這樣你懂了吧？」提到總經理，吳大哥顯然非常不爽。「你還沒看過他吧？」

「沒有！只跟副總講過一次話。」周毅又回想起語言遲緩的慘劇了。

「總經理跟副總不對盤，公司的長官大致上也就分成總派跟副總派。」吳大哥看了下時間，看來準備要回辦公室了。「你以後要小心點，免得不小心惹到賢（閒）人，有你受的！」

「反正這些人什麼事都做，就是不做好事；什麼都要，就是不要臉。」好脾氣的吳大哥忿忿不平地下了結論。

16 私人俱樂部

在《贏家周刊》已經兩個月了，周毅開始有種感覺：待得越久，聽到的事情越多，就會發現裡面隱藏的真相越不堪。

不過周毅的心臟反而越練越有力。『反正不就是一份工作嘛！』他不想把心思花在無謂的干擾上，也不再三心二意猶豫是否要繼續做下去。既然只是一份工作，不如放心思多學一些經驗，學講一些垃圾話，學一些專業知識。

年薪百萬已經不敢期待，能賺多少算多少，周毅所求無多。

周毅並不是忘記了曾經許下「要做大事業」的雄心壯志，但現在的他更清楚，難度太高了。《贏家周刊》裡面有一堆皇親國戚搶在前頭當賢人，一個舉目無親的菜鳥在這裡想做大事業，憑什麼？

所以現在的周毅很務實，他只想專心做好分內的工作。

這天中午，周毅努力在辦公室寫企畫案，正打算去倒杯水的時候，雄哥迎面走過來了。

「小毅，不去吃飯？」雄哥難得開口跟周毅講話。

「報告主任，我在寫企畫案，明天要去跟客戶提案。」周毅小心翼翼地回答。

「這麼認真幹嘛？我帶你去吃飯。」雄哥看起來興致勃勃的樣子。

「有機會跟長官去吃午飯，當然要去。」周毅二話不說，就跟著雄哥走。

只是周毅越走越奇怪，這條路上並沒有什麼餐廳，只有錢櫃KTV，大白天的，難不成雄哥要帶周毅到KTV吃飯嗎？

沒錯！雄哥的目的地，正是錢櫃KTV。

既然到KTV，也就不可能只有雄哥跟周毅兩個人，打開包廂門一看，林胖子、老沈、南哥、小潘都在裡面了，林平和主任也領著營廣組四大金釵隨侍在旁，感覺起來像是某種私人俱樂部，而周毅是第一次被邀請。

當然，在場的每一位，打扮都是西裝革履的。

小茜一看到周毅，一邊大叫，一邊蹦蹦跳跳過來拉住他的手。

「你們常常一起唱歌喔？」周毅邊問邊找個位子坐下。

「每個禮拜最少一次吧。」小茜一屁股坐到周毅旁邊。「有時周刊的業績狀況比較好，最高紀錄還連續五天下午，一群人都在KTV鬼混。」

「太爽了吧！都有誰會過來呀？」周毅有種自己被遺忘的感覺。

「就你現在看到的這些人呀！」小茜順手拿了杯啤酒給周毅，然後壓低音量。「我跟你說，要巴結長官，這才是最好的機會。」

『難怪長官們常常下午不在，原來都跑來這鬼混了。』周毅覺得很不解，為什麼今天會想到找他？

「因為林胖子想到你好像也很能喝，剛剛打電話叫雄哥順便找你過來。」小茜看起來很興奮。「你知道嗎？這些長官不隨便找外人來的。」

原來《贏家周刊》一直有個外人進不來的私人俱樂部，而周毅現在莫名其妙拿到了邀請函。

『太好了！這下我可從外人變內人了。』周毅自我解嘲。

「小毅我問你一個問題。」小茜的好姐妹雯雯拉著小潘一起湊了過來。「你有沒有女朋友？」

聽到這個問題，周毅嘴巴裡的啤酒差點吐了出來。

周毅的身體很想回答：沒有，或是現在沒有，但周毅心裡卻很快想到某個人，於是他緩緩地說：「有。」又補了一句：「我們滿好的。」

雯雯馬上跳起來對著小茜說：「你看吧！我早說他有女朋友了！」小茜沒吭聲，只是拿起酒杯默默喝酒。

周毅心裡有數。小茜大概是對他有意思，而他自己也對小茜有好感。只不過有好感不見得一定要有結果，有些事情還是單純些比較好。

他拿著酒杯跟小茜敲一下，開口問：「那妳呢？妳有男朋友嗎？」

小茜又笑咪咪地說：「不告訴你！」

『故作神祕總是女孩子的特權。』周毅心想。

一旁的長官開始鼓譟了：「喂喂喂，你們這兩對，沒把我們這群老屁股看在眼裡是吧？竟然跑到旁邊談情說愛了起來。」

林平和一把將小茜抓了過去，兩人開始喝酒。倒是小潘跟雯雯兩人還是靠在一起，感覺得出兩人有點古怪。

周毅平常不太說話，但不知為何，到了喝酒的地方就自在了許多。只見他拿起酒杯，先向林胖子敬酒：「謝謝總監的照顧。」

林胖子淺淺喝了一口，緩緩地說：「你的試用期快到了，我最近正在批你的試用報告。」然後林胖子轉頭問老沈：「你覺得小毅夠格留下來嗎？」

聽到試用報告，周毅的肛門不由自主又緊了一下。

『**別嚇我呀！長官！**』周毅的目光跟著轉向老沈。

「我哪知道？你是長官你看著辦，你說夠格就夠格囉！」老沈輕描淡寫地回，但語氣顯然不是很願意。

周毅對這個死老頭實在是非常不爽，但想到吳大哥的告誡，他二話不說帶著酒杯往老沈方向前進。

「副座，之前的事情得罪了，有不懂事的地方，還請副座多多包涵。」周毅拿著酒杯敬老沈，酒杯靜靜地在空中晃了幾秒鐘，老沈才緩緩拿起酒杯喝了一口，嘴巴還不放過周毅：

「年輕人，就算過了試用期，別忘了你還有很長一段路要走呀！」

小鳳姐則在旁邊幫腔：「老沈，你不要小毅，那調他來營廣組好了，我們收。」

看來危機解除了！周毅仰頭將酒一飲而盡，心裡想的卻是：『山水有相逢，大家走著瞧。』

倒是雄哥在旁邊跟幾個女生又唱又跳，顯然玩得很High，雄哥平常在辦公室總是悶不吭聲的，真看不出來他也有這麼活潑的一面；林平和這禽獸還纏著小茜不放，正在教小茜划酒拳，小鳳姐則往林平和那走了過去，看起來像是保護小茜免受林平和的摧殘。

只見雄哥拿著酒杯搖搖晃晃，看到周毅就嚷嚷了起來：「周小毅同學，還不快拿酒跟我喝一杯？」

想到自己會跳進《贏家周刊》這個火坑，雄哥也是背後的推手之一，周毅趕緊拿著酒杯上前：「雄哥，面試那時謝謝您的照顧。」

聽到面試兩個字，雄哥頓了一下，正色地說：「小毅，一旦你踏上人生這條路，有兩件事情是你千萬不能忘記的。」一席話講得周毅也跟著嚴肅了起來。

雄哥放下酒杯，抬頭看著周毅說：「第一個是夢想，不管你遭遇多少挫折，都別忘記你在面試時告訴我的那句話。」

周毅很清楚，雄哥說的是「我想要作出一番大事業」這句，不過就在幾小時之前，周毅才想要淡忘這句話，現在雄哥又要他別忘了自己的理想，周毅有點糊塗了。

正想繼續追問雄哥的時候，只見包廂門口打開，有兩個人走了進來。

周毅不看還好，仔細一看竟然是副總經理，後面還跟著傳說中的企畫主任淑芬。只見副總大搖大擺走進去，嘴裡還嚷嚷著：「您們這群人不上班，都跑到這裡來混了。」嚇得周毅拚命想往廁所裡躲。

周毅想躲，但其他人可是前仆後繼往副總方向前進，嘴裡還不斷嚷嚷：「副總，你怎麼這麼晚來？」周毅搞清楚了！原來副總才是這場私人聚會的首腦。

副總一到，立刻變成鎂光燈的焦點，只見林胖子、老沈、林平和馬上坐到副總的旁邊開始敬酒；淑芬則是湊到營廣組四大金釵附近，開始了Women's Talk；至於雄哥、南哥、小潘則是坐到旁邊繼續喝酒，各自形成不同的小圈圈，也各有各的心思，周毅就像個局外人一樣。對周毅來說，這三個圈圈分別代表事業、感情與友情，周毅不知道自己的光譜會落在哪裡，又該在哪裡？他只好靜靜地躲在角落選擇不動，默默地拿著酒杯，觀看著三個小圈圈的互動。

很快的，四大金釵這一圈開始往副總那靠攏了，南哥跟小潘也被叫過去了，圈子外只剩淑芬主任、雄哥、周毅三個人，一個是老闆的「愛將」，一個則是待退的「礙將」，加上一個菜鳥邊緣人，這時只見淑芬主任向周毅走了過來！

「你就是周毅？」

「主任好，大家都叫我小毅。」

「別這麼客套，叫我淑芬姐就好。」淑芬主任笑著說。「你知道副總對你的印象是什麼嗎？」

「我聽說了，」周毅苦笑著說。「那個語言遲緩的新人。」

「那你還不趕快過去讓副總多認識你一點？」淑芬主任喝了口酒。「我不覺得你是這樣呀！」

周毅沉默了片刻，才緩緩地說：「我不習慣這麼主動。」

淑芬主任又笑了：「傻孩子，在職場就是要主動表現自己呀！公司這麼多員工，當然要把握機會讓長官記住你才對。」

周毅看了一眼坐在旁邊、一個人正在唱〈空笑夢〉的雄哥，半天沒答腔。只見副總又把淑芬姐叫了過去，圈圈以外只剩下周毅跟雄哥了。

周毅坐到雄哥的旁邊，幫雄哥的酒杯倒滿酒，等到雄哥唱完，敬了雄哥一杯酒，開口問：「雄哥，你剛剛說人生這條路有兩件事情不能忘，一件是夢想，另一件呢？」

「是良心！」雄哥自己又倒了一杯酒。

「不管你遇到什麼人，碰到什麼事，都別忘了要憑著良心做事。」

「就像你一樣嗎？」周毅開口問。

雄哥卻只是笑了笑，沒回話。

「小毅，過來敬副總一杯酒。」淑芬主任在喊了。「讓副總知道你不是語言遲緩啦！」一句話講得大家都笑了出來。

周毅又看了一眼雄哥，雄哥拍了拍周毅的肩膀，開口說：「過去吧，你的前途在那邊。」

周毅沒有再猶豫，拿著酒杯就向著副總而去。

只是這一次，周毅講話不會結巴了。

腿已經快斷了。

還好到了山頂，夜景真的很漂亮，辛苦是值得的。

街道一片燈火通明，臺北一〇一也看得很清楚。

我問你怎麼知道這裡，你說同事告訴你的，希望我看到這片夜景，心情會好一點。

我好感動喔，不是夜景讓我感動，是你的心意讓我好感動。

第一次來這裡拜拜，我什麼都不懂，只能跟著你在一個又一個爐子間切換。看你很認真地一直喃喃自語，我也跟著把心裡的願望，一字一句說給土地公公聽。

我的願望很簡單，一下子就說完了，倒是你喋喋不休說個沒完。

我問你許下什麼願望，你笑笑地說：「世界和平呀！」

其實我的願望很簡單，就是希望我們的工作可以很順利，然後在一起很久很久。

土地公公，我沒有說出來喔，用打的祢應該還是會保佑我們吧！

今天晚上來拜拜的人不多，爐火前只有我們。

我知道我們都辛苦，但有你有我在，我希望衰的好的都是順利的。

不過還是希望土地公快把我身邊的衰運趕遠遠的啦！

她的私密日記4 Thu Oct 24 22:28:12

作者︱ Blue（小小藍）

看板︱ Blue

標題︱ [愛情]衰運快滾

最近工作不太順利，公司的狀況不太好。

老闆脾氣不太好，動不動就在會議上開罵，搞得老娘也跟著神經緊張。

還好有你來接我下班，陪我去吃晚餐，聽我抱怨工作的事。

雖然你每次聽完都笑著說：「風水輪流轉，現在換妳了！」一副輕鬆逍遙的姿態。但其實我心裡隱約有種感覺，不是你工作變順利，而是你不再每件事都會告訴我了。

我猜是你很清楚每次聽完你抱怨，我都會很不開心。

我也不知道這樣是好還是不好。

難得今天你早一點下班，問我要不要去烘爐地拜拜。你說每當工作不順的時候，就會去那邊拜拜。

剛好我也有點悶，正想找個地方散散心。

只是沒想到，烘爐地竟然在山上。光是爬那些階梯就累死我了，每爬幾階就要停下來休息。

你體力好，幾層階梯一下子就上去了，我只好在後面苦苦哀求，請你等等我。你說山上的風景很美，要我快一點，但老娘的

17 辦公室全武行

林胖子後面有尊關公像，每逢初二、十六公司都會拜拜，希望關老爺保佑《贏家周刊》生意長紅。林胖子會押著還在辦公室的同事去跟關老爺上炷香，尤其是那些業績不好的，有時還會不客氣地開罵：「業績這麼爛，趕快去求求關老爺，賞你一口飯吃。」搞得每次拜拜時，辦公室都像黑幫團拜一樣。

今天的氣氛有點反常，林胖子才剛向關老爺上炷香，只見臉色很難看的南哥，一個箭步衝上前去找林胖子抱怨。周毅坐在後面，兩個人的對話聽不太清楚，隱約中只聽到一些片段，像是「他不能這樣動我的客戶呀！」「這樣下去我不幹了！」還有「總監你要出來主持公道呀！」這些話。

南哥越講越激動，林胖子臉色也越聽越難看，辦公室很安靜，但周毅知道大家其實都豎直耳朵聽著八卦。周毅實在忍不住好奇心，偷偷打了內線問吳大哥：「老大，你知道發生什麼事了嗎？」

吳大哥顯然見怪不怪，淡淡地說：「應該是有客戶衝突，小事情啦，這裡常這樣，只是不知道是誰動到阿南的客戶了？」

其實不用猜，答案很快就揭曉。

專案組的李尚勇經理走進來，正要跟關老爺上香的時候，南哥一看到李經理，立馬就發作了：「尚勇哥，你這樣太不夠意思了吧！連我的客戶你都去提案！」

只見李尚勇悠哉悠哉地上完香以後，然後對南哥說：「提案？我沒聽說這件事呀！」

「少裝蒜了！」南哥忽然拉高分貝。「客戶都告訴我了，你底下的人去跟他報價，客戶連企畫書都給我看了！」

「哦，好像有這件事！」李尚勇就算被抓包，照樣臉不紅氣不喘。「只是提個案嘛，你緊張什麼勁？」

「提案？我的客戶你們去提什麼案？」南哥不給李尚勇閃避的空間，繼續回嗆。

「專案組的案子都是總經理交辦下來的，我哪記得這麼多。」李尚勇還是繼續裝死。

「少他媽來這套！」南哥這下火氣全上來了。「我問過副總了，他說總經理不知道這件事，少拿雞巴毛當令箭，房地產都是我的客戶，你他媽去提什麼案呀！」

「你嘴巴放乾淨點喔！」李尚勇講話音量也提高了。「什麼叫做你的客戶？所有客戶都是公司的，搞清楚你的身分！」

聽到「搞清楚你的身分」，南哥驟然跳了起來，用力拍了一下桌子後，就直朝李尚勇衝過去，嘴巴叫著：「你他媽再給我說一次！」

李尚勇看到這幅景象，不但沒有退後，反倒向前跨了一步，吼了一聲：「不然你想怎樣？」

周毅有點呆了，關老爺面前的香才燒一半，沒想到辦公室就已經殺聲連連。

林胖子見狀不對，一手拉住南哥，一面對李尚勇急喊：「尚勇，你少說兩句。」

之前那個講話嗲聲嗲氣的花花姐，決定不落人後，選在這個時候跟著放了一把火：「尚勇經理，你老是這樣搶我們的客戶，難怪南哥會生氣。」

李尚勇不甘示弱，回了幾句：「你們有沒有搞清楚呀！所有客戶都是雜誌社的，不是你們的。老闆自有老闆的考量，專案組只是奉命行事而已。」

南哥火氣才降了一點，聽到李尚勇這幾句，二話不說拿起關老爺神桌上的蘋果，就往李尚勇的身上丟了過去，嘴裡邊罵：「少在那邊揑著雞子充聖賢，搶客戶就搶客戶，不用扯什麼奉命行事。」

李尚勇反應很快，躲過了南哥的蘋果攻擊後，也拿起桌上的文件夾就丟了回去，兩人很快地被林胖子、老沈分別架開了，但彼此還是怒目相視，衝突只差一把火就點燃了。

關鍵時刻，這一把火總是不難找的。

正所謂鼓破萬人捶，牆倒眾人推，一直沒吭聲的老沈也補刀了：「尚勇經理，阿南這麼生氣也不是沒有道理的，你專案組每次都踩線踩到我們頭上來，這怎麼說得過去？」

李尚勇一面忙著盯著南哥以防偷襲，嘴巴也不忘繼續回嗆老沈：「說不過去？沒有我們專案組幫忙扛業績，沈副主任你沒做到的業績，難不成要找關二哥幫忙嗎？」

一句話講得老沈大氣沒再吭一聲。

李尚勇的話無意中也透露出一個訊息。『原來老沈的績效並不好。』周毅心想。

雙方陣營的競爭逐漸趨於白熱化，主角李尚勇跟南哥繼續用髒話互相問候對方父母，南哥一副得理不饒人的樣子，搭配國罵大全應用效果佳；被頂回去的老沈忽然戰力盡失，只見他臉上一陣青一陣白；林胖子則像是熱鍋上的螞蟻，完全無計可施，看起來壓不住陣腳；花花姐則善用女人的優勢，不時躲在旁邊偷放兩槍助威。

另一邊人單勢孤的李尚勇，果然不負「尚勇」的名號，理不直氣倒挺壯的，儘管情勢對他不利，但學法律出身的他依然遊刃有餘，見招拆招，頗有單刀赴會的氣勢。

在忠肝義膽的關二哥面前，一幫人就這樣互揭瘡疤，吵得不可開交，一時之間勝負難分，底下的觀眾也看得津津有味。現在周毅終於體會到，隔山觀虎鬥還真是一件挺有樂趣的事情呀。

周毅轉頭一看，這才發現跟他一樣看熱鬧的人變多了，連不同樓層的營廣組都聞聲下樓，只見小茜走到周毅旁邊，低聲問：「發生什麼事了？」

「我也不知道，」周毅老實回答。「聽說是客戶衝突！」

「好可怕……」小茜抓著周毅的手肘。「會不會打起來呀？」

「我也在等耶，」周毅笑了出來。「要不要打個賭？」

小潘也湊了過來：「我壓不會。」接著問：「誰要做莊？」

孟文則是直接下了結論：「一定不會打的啦！在那邊裝腔作勢，一群白痴。」

兩幫人就這樣大吵了幾分鐘，忽然之間副總出現了，只見他氣吞山河地吼了一聲：「操你媽的！你們在搞什麼鬼？」

一瞬間，所有聲音都靜了，所有動作都停了，副總手起刀落，眾將鴉雀無聲。

只見副總怒氣沖沖地說：「大白天在辦公室吵什麼吵？尚勇、浩南都到我辦公室來。」副總看了旁邊其他啦啦隊一眼。「其他人都他媽的不用上班呀？」

一瞬間，看熱鬧的人一哄而散，兩位事主默默跟在副總後面離開戰場。

雄哥這時才急急忙忙從樓上下來，嘴裡還嚷著：「聽說有打架看，在哪裡在哪裡？」

吳大哥低聲告訴周毅：「以前客戶衝突頂多拌拌嘴，沒想到現在已經寸土必爭到這個地步了。」

周毅不解地問：「老大，這話是什麼意思？」

「這種事根本吵不出結果的呀，不就是阿南故意把事弄大，藉此警告李尚勇不要再動他的客戶。」吳大哥回答。「不裝兇一點，李尚勇這個人就開始蠶食鯨吞了。」

「生意越來越難做了喔……。」吳大哥搖搖頭，回到自己的座位。

而鬆了一口氣的林胖子，試圖緩和氣氛打圓場，開口問：「還有誰沒有拜拜的？」

『不知道關二哥看到這一切，還會不會保佑我們？』周毅上前拿了炷香，朝關公像拜了拜。

18 金錢國度的原住民

辦公室鬥毆事件後，周毅的情緒明顯受到影響。每次只要下定決心振作，公司就會發生鳥事打擊他的信心。再加上最近客戶開發不順，除了那份天上掉下來的禮物之外，業務完全沒有新的進展，周毅又開始胡思亂想了。進入《贏家周刊》以來，吳大哥一直是周毅的榜樣，他跟著吳大哥學習客戶開發與職場應對的技巧。

周毅還記得吳大哥不斷告訴自己：「不要好高騖遠，還沒站穩就想搶別人的飯碗。先累積實力，從夾縫中找出商機更重要。」

只是試用期都快過去了，周毅發現《贏家周刊》幾乎已經無縫可鑽。真正的金雞母，早被老前輩牢牢地抓在手裡，動也動不了；超過三個月沒下廣告的客戶，前一秒電話才打去，後一秒前輩就來電警告；即使有些客戶明明大有可為，但前輩硬是橫刀擋在前頭，占著茅坑不拉屎，他也莫可奈何。

尤其在親眼目睹南哥的「壯舉」後，周毅不禁又開始懷疑：『如果自己真像吳大哥那樣溫良恭儉讓，是否真能在《贏家周刊》生存下去？』

就以吳大哥跟南哥來說好了，兩人年資相仿，個性卻是南轅北轍。

周毅比較過兩人的特質：吳大哥溫和，南哥火爆；吳大哥遇到客戶衝突，不會直接找對方吵架，多半都是跑去向林胖子反應；南哥則是有話就說，不爽就直接嗆，前陣子直接越級找李尚勇單挑後，南哥也「一戰成名」，誰想動南哥的客戶，得有跟他當面對幹的心理準備。

反應在業務表現上，兩個人也是截然不同的典型。吳大哥對客戶很好，南哥對客戶很兇；吳大哥總為客戶設想，南哥總要客戶多為他想想；吳大哥總是慢慢等客戶考慮，南哥卻總要客戶馬上給他答案。（當然，答案只能有一個。）

但要說南哥是個大老粗也不盡然！他有自創的保護傘理論，他懂得運用策略脅迫客戶，他也經常出現在副總經理的私人俱樂部上。

據說上次的客戶衝突，副總指示李尚勇不准再去跟南哥的客戶提案，南哥可說大獲全勝，面子、裡子都有了。吳大哥很知足，只求業績有達到目標就好；南哥卻貪得無饜，業績沒有最高，只有更高。

性格決定命運，兩個人不同的性格，自然也就繳出不同的成績單！

吳大哥的月平均業績在四十萬左右，但南哥每個月都是百萬起跳；吳大哥現在只是資深業務，但南哥幾年前已經升任小組長了。

吳大哥對此的說法是：在《贏家周刊》做業務比當長官好，業務拚多少業績就領多少獎金，長官只是薪水高一點，抬頭好看一點，又要扛一堆責任──他才不想升官。

話雖如此，吳大哥對於周刊的長官們，還是有諸多抱怨與不滿。南哥雖然也是，但南哥的抱怨是給長官聽的，是「策略性的抱怨」，有助於他掃除眼前的絆腳石；而吳大哥的抱怨多半只說給周毅聽，是「情緒性的抱怨」，對事情一點幫助也沒有。

周毅深深覺得在《贏家周刊》是「會吵的孩子有糖吃，敢吵的孩子則會把糖果吃光」。像吳大哥這樣，面對長官不吵不鬧的乖小孩，相當吃虧。

吳大哥要周毅從夾縫中找商機，而南哥則證明了所謂的市場夾縫，不會從天上掉下來，你得自己動手去打出一個縫才行。

這還是第一次，周毅覺得吳大哥是錯的，他開始思考是不是需要改變自己的心態。

這似乎是一個難解的問題！

既然難解，周毅決定出去走一走。這也算是業務工作少數的優點之一。

晃呀晃的，周毅走到附近的公園，大白天的竟然有一堆高中生在這裡玩滑板，看起來技術不是很好的樣子，幾個花式動作到最後都是摔了個狗吃屎，但這群小朋友只是拍拍屁股，馬上起來繼續。

看著看著，周毅好羨慕他們的單純。

走著走著，忽然發現前方坐著一個身影好熟悉，是南哥。

平時意氣風發，罵起人來鏗鏘有力的南哥，此時看來卻有些落寞，穿著西裝坐在公園椅上，旁邊還放了幾罐啤酒，面無表情地一邊講電話，一邊抽著菸。

周毅正在思考要不要上前跟南哥打聲招呼，還是腳底抹油落跑的時候，南哥正好看了過來。南哥先是一愣，然後笑了笑，揮揮手示意周毅過去坐。

「南哥，在……看夕陽呀？」周毅支支吾吾地開了口。

「看個屁夕陽，很煩呀！」南哥遞了罐啤酒給周毅。「月底要結算業績了，客戶又他媽的抽稿，要命！」

周毅「噗」一聲笑了出來：「南哥，你沒有把客戶訐譙一頓？」

「訐客戶也無濟於事啊，業績還是要交出來給老闆。」南哥用力地吸了口菸，忽然開口問：「你覺得我有沒有可能在下班前搞到二十萬業績？」

『**高手的煩惱果然不一樣。**』周毅嘴裡的啤酒差點沒吐出來。

周毅還沒開口回答，只見南哥好像忽然想到什麼，跟周毅比了個安靜的手勢，然後開始打電話。

「趙董，我是小張，簡單跟您報告一件事，我們最近有個贏家專案，今天是最後一天，我記得您下個月有新產品要上市，我們總經理特別請我來轉告您這個訊息……。」南哥一口氣說完，然後等著電話那頭的趙董回覆，南哥表情看起來很鎮定，倒是周毅在一旁緊張兮兮的。

南哥起身走開，繼續跟那位趙董講電話。周毅把手上的啤酒一口氣喝光，然後盯著南哥看。眼前的南哥現在就像麥可喬登，時間僅剩五秒，比數還落後對手一分，全場屏息以待，等待南哥投出最後一球，場面十分緊張……。

所謂十分緊張，也不過就是緊張十分鐘。幾分鐘後，南哥掛掉電話，面無表情地走回來。

「怎麼樣？有好消息嗎？」周毅急忙問。

「你緊張個屁！」南哥點了根菸，眉頭深鎖地抽了起來，然後淡淡地說：「還有一些小問題，但基本上搞定了！」

太不可思議了！在全世界球迷的見證下，麥克浩南拿到球之後直接轉身，投進了一顆價值二十萬的「Golden Ball」[2]，這真是見證奇蹟的一刻，周毅忍不住跳了起來歡呼。

「南哥太屌了，你是怎麼辦到的？」周毅的聲音還因為興奮而顫抖，雖然這好像一點都不關他屁事。

「幹這一行只有一個訣竅：就是怎麼讓客戶掏錢？」南哥悠哉悠哉地吸了口菸，繼續說：「而我，不只懂得讓客戶掏錢，更敢開口向客戶要錢。」

眼前南哥的身影變得無比高大，周毅彷彿看見這個人朝著敵方雙手一攤，輕鬆地聳聳肩，然後輕描淡寫地說：「沒辦法，我就是會進球，你咬我呀！」

再一次，周毅折服於南哥的風範下。

2 指比賽尾聲足以影響勝負的關鍵進球。

「老弟走吧！我還有事要處理。」南哥起身拍了拍屁股，然後又停了下來，笑著問周毅：「你知道臺灣原住民最厲害的是哪兩族嗎？」

南哥天外飛來一個怪問題，周毅覺得丈二金剛摸不著頭腦，試探地回答：「布農族跟阿美族？」

南哥哈哈大笑：「錯！是不滿足跟不知足。」

南哥收起笑容繼續說：「我們都是金錢國度裡的原住民，想在《贏家周刊》生存下來，不滿足跟不知足就是必要條件。」

周毅忽然想起聖經上的一句話：「凡有的，還要加給他，叫他有餘；凡沒有的，連他所有的，也要奪去。」

難怪有些人得到太多，有些人卻一無所有。

回公司的路上，周毅一直想著南哥說的不滿足與不知足。回到座位上後，周毅馬上打了個電話，給他目前唯一的客戶：「喂！翁副理嗎？我是小毅。上次的廣告我們內部反應很好，我們總經理特別請我來轉告您，我們有個贏家專案……。」意外的，翁副理最近正好有一筆預算要消化，周毅一通電話還真的談妥了一個長期專案，可以確保往後三個月都能達成目標。

「沒想到禮物還會從天上掉下來兩次。」周毅終於聽懂了南哥的話。『沒有新客戶，只好從老客戶身上再扒皮了。』

19 說話與聽話的藝術

跟大多數上班族一樣，在《贏家周刊》也有開不完的會。每週一傍晚有業務周會，業績不好的要參加早晨八點的業務晨會，業績很差的還有考前衝刺會，再不行，主管還會邀請你參加一對一專屬見面會，與你的直屬長官共度一個美好的夜晚。

會議類型五花八門，但《贏家周刊》的會議重點基本上只有三個：業績、業績、業績。不管是哪種會，本質上都差不多。

只不過在《贏家周刊》，長官們對於業績有個特別的行話稱呼，管它叫「貨」！

通常在會議上，林胖子都是這麼問的：「你上星期的『貨』怎麼這麼少？」「下星期的『貨』在哪裡？」「你這麼月到底還有多少『貨』？」

周毅每次聽到長官要「貨」，都覺得很像討論走私毒品。

通常開這種會不是自己被釘，就是坐在旁邊看別人被釘，說實在，挺無聊的。還沒升為正式員工的周毅，在這種會議的大部分時間都是當觀眾比較多。

不過幾次開會下來，周毅也發現，大部分的前輩在會議上努力施展口腔彈道學，面對相同的問題，每個人的嘴砲功力巧妙各有不同。

如果在會議上看到有同事面帶微笑，一副胸有成竹的樣子，可以想像這位同事這個月有不少貨；如果同事眼神閃爍，頭低低的不敢直視副總，一直在筆記本上寫字，那麼八九不離十，這位同事肯定沒帶貨來開會。

副總也會十分配合地把這些沒貨的同事狠狠修理一頓，以達到殺雞給猴看的功效。所以通常狀況是：大部分的前輩還是報喜不報憂，少數比較老實的人——像是吳大哥，就淪為神桌上的祭品。

副總：「你現在達成率不是很好，這個月還有多少貨？」

吳大哥：「這個月狀況不是很好，客戶的廣告預算都縮水，幾個提案都還沒有下文……。」

這樣的回答，等於是把自已送上門當肉靶，讓副總免費砲打一頓；相同的問題到了南哥身上，答案就不一樣了。

副總：「浩南，你現在的達成率也不是很好，這個月還有多少貨？」

南哥：「這個月不太好做，不過我現在還有十個企畫正在提案（副總眼睛一亮），另外還有五個案子在規畫中（副總眼睛又一亮），我想業績目標不是問題（副總放心地笑了）。」

會議結束後，周毅偷偷上前問南哥：「南哥，你真有那麼多案子在提呀？」

南哥：「案子都在天上飛啦！我他媽哪有這麼多時間，先應付過去再說！」

周毅發現，胸有成竹的並不見得真的有貨，差別在於，他們敢畫大餅，敢對老闆承諾美好的遠景而已。

兩個人慢慢往樓下走，邊走邊聊。

周毅接著擔心地問：「萬一你這個月目標做不到怎麼辦？」

出了門口，南哥馬上點起一根菸：「那就跟老闆說案子都延到下個月才能執行，反正明日復明日，明日何其多。」接著補了一句：「老吳怎麼都學不乖？」

周毅接著問：「那到底要怎麼樣跟老闆報業績呀？」

「我都反著報！」南哥不屑地揮了揮手。「如果這個月我的業績很好，月初提報我就會說狀況很差，等到月底，業績衝上來了，老闆更會覺得我真的很努力；如果這個月業績真的很差，我會先暗示可能有變數，然後畫大餅讓老闆期待，等時間到了再說。」

「為什麼要這樣報呢？」周毅不解地問。

「你想想，這裡的長官都是貪得無饜的。你七早八早就說出達成業績目標，他們只會逼你去擠出更多業績來。」南哥吐了個煙圈出來。「萬一預估業績不好，反正橫豎都要挨一頓罵，不如到月底再一次結算，而且不到最後關頭，你怎麼知道沒有奇蹟出現，幹嘛七早八早被罵？」

聽完南哥一席話，周毅又學到一課。所謂：「開會開得好，嘴砲不可少。」不是沒有道理的。

周毅跟南哥正在哈拉的時候，剛剛被釘的吳大哥正巧要出門，看了兩人一眼，沒打招呼就走過去了。周毅心中忽然升起幾分對吳大哥過意不去的愧疚感，自己的大哥在會議上被修理，做小弟的沒幫上忙就算了，還拿大哥尋開心。

但南哥還沒說完，擰熄了菸繼續他的理論。

「我跟你說，不要以為開會光是嘴砲而已，裡面有很多學問的。」南哥又拿了一根菸，順便遞給周毅一根。周毅雖然不太會抽菸，但還是拿了一根，就著南哥的火點起來，小小地吸了一口。

「很多人覺得開會很無聊，但在我眼裡看起來，開會可以看出很多有趣的東西。」南哥又抽了一大口菸。「座位的順序安排，誰跟誰最常坐在一起，誰最常提意見，誰都不講話，老闆最常稱讚誰，又最常罵誰，被稱讚的人是怎麼回答老闆問題的，誰會主動攻擊別人，誰又經常附和別人的意見等等。從這些互動中，你就可以自己摸索出很多有趣的脈絡。」

南哥一口氣說完，周毅聽得一愣一愣的。真沒想到一場會議可以看出這麼多東西。周毅呆呆地看著南哥，眼神充滿崇拜。

南哥彈了一下菸灰，聲音忽然壓低：「最重要的是，要從老闆的嘴砲裡聽出絃外之音。」

『嘴砲還有絃外之音？』周毅的心頭一驚，差點被手上的菸頭燒到。

「就拿我們副總來說，他講話從來都是拐彎抹角的，如果按照字面去理解副總的話，保證馬上黑掉。」南哥接著說。「剛剛的會議就有呀！」

周毅努力回想剛剛會議上，副總說了哪些話。

副總：「開發組最近業績怎麼樣？」

老沈：「副總放心，我們一定達成目標。」

副總：「專案組提的這個案子滿有意思的，我們是不是要討論一下？」

李尚勇：「報告副總，等案子最後版本確定後，再向副總報告。」

副總：「那個，營廣組最近業績好像不錯？」

林平和：「托副總的福，找時間謝謝副總的指導。」

副總：「有什麼好謝的？」

林平和：「一定要的，我來找時間跟副總開會。」

副總：「不急，慢慢來。」

＊

「很平常的對話呀！」周毅順勢把菸丟掉。

「平常？副總的每句話，都是有涵義的。」南哥緊接著幫這段對話做起翻譯。

副總：「開發組最近業績怎麼樣？」

翻譯：『開發組最近業績這麼差，我很不爽。』

老沈：「副總放心，我們一定達成目標。」

翻譯：『我會夾緊尾巴，釘死開發組組員。』

副總：「專案組提的這個案子滿有意思的，我們是不是要討論一下？」
翻譯：『專案組提這是什麼鬼東西，浪費我時間。』
李尚勇：「報告副總，等案子最後版本確定後，再向副總報告。」
翻譯：『我會拿回來重新修正。』
副總：「那個，營廣組最近業績好像不錯？」
翻譯：『好像很久沒跟四大金釵喝酒了？』
林平和：「托副總的福，找時間謝謝副總的指導。」
翻譯：『我知道了，我來安排。』
副總：「有什麼好謝的？」
翻譯：『你再說一次我就答應。』
林平和：「一定要的，我來找時間跟副總開會。」
翻譯：『副總別裝了，就下午吧！』
副總：「不急，慢慢來。」
翻譯：『那就這麼說定了！』

＊

「職位越高的老闆，越喜歡玩天威難測那套，你要是聽不懂老闆的暗語，老闆支持你反對，老闆前進你後退，他不會怪你，但也不會信任你。」南哥抽完最後一口菸，用腳踩熄菸頭。「這裡每一個長官，都擁有暗語解碼的能力。」

此刻，周毅終於聽懂什麼叫做「嘴砲的絃外之音」！滿口嘴砲或許很重要，但聽懂老闆的嘴砲才是更強大的能力，或許可用「嘴砲二・〇」來稱呼。

南哥轉身準備上樓，又回過頭來：「你還記得剛剛老沈要你、小潘、孟文三個人交下個月的業務計畫表嗎？」

「有呀！我等一下上去就寫。」周毅傻傻地回答。

「你知道這代表什麼嗎？你、小潘還有那個娘娘腔通過試用期了，準備去跟你另一個同梯說掰掰吧！」

南哥拍了拍周毅的肩膀。「歡迎加入《贏家周刊》！」

20 尾牙

轉眼，周毅進入《贏家周刊》快四個月了。而今天，正好是《贏家周刊》的尾牙。出社會以後第一次參加尾牙，周毅的心裡滿懷著期待。

只不過南哥說《贏家周刊》的尾牙重頭戲是喝酒，抽獎向來沒有看頭，想到又要喝酒，周毅覺得有點恐懼，畢竟鴻門宴的慘況周毅至今仍印象深刻。

五點鐘，林胖子就開始逐層通知大家往尾牙會場移動了。大夥人三三兩兩，分坐計程車往海霸王移動，周毅、小潘、雯雯、小茜還有孟文五個人擠一臺車。

一夥人就這樣說說笑笑，到了尾牙會場。

一行人到了會場，《贏家周刊》已包下整整一層樓，原來今天地方業務中心也全部北上參加，一群人浩浩蕩蕩坐了五、六桌了。

地方業務中心平時派駐臺北以南的各縣市，專門負責中小企業與傳統產業的客戶開發。由於中小企業的廣告多半是直接跟老闆洽談，這些老闆多半都需要和他們搏感情，因此，地方業務中心的同仁據說都有點流氓氣。

周毅五人先找了張桌子坐了下來，周毅往主桌一看，有個人安靜正坐在那。這個人，就是地方業務中心副總監嚴治國，外號「閻王」，是廣告部第四號人物。由於長期派駐在外，臺北的員工對閻王了解不多。傳說中這個人喜怒不形於色，但業務規畫非常靈活，敢要求下屬業績，更敢給資源，帶領地方業務中心業績達成率月月破百。近年來不少地方業務中心的同仁，屢屢北上搶客戶，而閻王總是強勢介入力挺下屬，不少臺北同仁都把閻王與李尚勇並列為麻煩人物。

周毅定睛看了看閻王，他怎麼不覺得那傢伙難纏，不過聽說厲害的殺手看起來也都很平凡。臺北的同仁也陸續抵達，不管見過的、沒見過的都來了，周毅這才發現，《贏家周刊》竟然有這麼多員工。

林胖子指揮大家就座，還特別交代集團執行長有可能會親自蒞臨，希望大家表現出活力與朝氣。尾牙看起來像是一場秀，員工只是配合演出的演員，主角卻是那些平常神龍見首不見尾的大長官們。

此時，人事主任、團購女王江姐走到前面，拿起了麥克風，麥克風一開，喇叭便「茲」地一聲破音，把大家嚇了一跳。江姐看著手上的小抄說話了，用抑揚頓挫的聲音作了一個很官僚的開場。制式的臺詞搭配上江主任激昂的聲音，臺下觀眾的雞皮疙瘩已經掉滿地了。周毅看了一下左右，發現大家的表情都像是拚命忍住笑，孟文則是一直發出嘖嘖的聲音。

接著在江姐的高亢激昂的介紹下，只見總經理笑咪咪地，跟大家邊揮手邊走向主桌；副總則慢慢地跟在總經理後方兩步距離。

江姐的司儀角色非常盡責，在臺上拚命高喊：「總經理！總經理！總經理！」希望臺下能夠一起附和。但大家顯然都餓了，沒力氣陪著她玩這種遊戲。倒是閻王反應很快，看到大家沒反應馬上就站起來鼓掌，地方組同仁看到自己老大站起來，也很長眼地站了起來鼓掌，嘴巴勉強跟著複誦「總經理、總經理、總經理」，聲音聽起來有氣無力。

總經理和副總坐到主桌，但江姐顯然還不打算放過大家，繼續說：「現在，讓我們歡迎總經理上臺，為我們說幾句話。」孟文一聽就做了個昏倒的動作。

不知道總經理跟孟文是不是有心電感應，總經理一上臺就先說：「我知道大家都餓了，江主任請餐廳先上菜，我很快就講完。」這時候，菜才一道一道從廚房端上桌。

由於《贏家周刊》的業務大部分是副總經理在主持，總經理多半是神出鬼沒很少出現，而且「三寶」有專屬電梯直達辦公室，此君又不喜歡走動式管理那一套。周毅進贏家快四個月，都還沒有機會近距離看過楊三寶的面孔（也不是很想看）。直到這一刻，周毅才能夠清楚地看著這位平凡大學出身，差點害周毅進不了《贏家周刊》的罪魁禍首。

雖然總經理嘴巴說很快就講完，但講起話來還是很不客氣地無限延長，從他上任後的豐功偉業都細數了一遍，一面還說：「大家邊聽邊吃，輕鬆一點無妨。」

問題是，誰敢開動呀！主桌沒有一個長官動筷子，其他人更不敢造次，於是上百人只好眼巴巴地看著自己桌上的菜，拚命嚥口水。

總算，總經理的廢話告一段落！然後江姐意猶未盡，接著說：「現在就讓我們歡迎副總上臺致詞。」臺下一夥人聽到簡直快瘋了。

副總上臺倒是真的沒多廢話：「我只有一句話要說，今年大家表現得很好，明年我相信會更好，先祝大家來年荷包滿滿，因為，『我們只賣贏，贏家一定贏』！開動！」

副總簡短的致詞引來如雷掌聲，但周毅相信最主要還是因為「開動」兩字。飯局正式開始，所有人都狼吞虎嚥了起來，按照《贏家周刊》的文化，吃完就是喝酒、敬酒。

今年《贏家周刊》的尾牙並沒有準備表演的節目，但由於尾牙現場有KTV設備，於是盡責的江姐隨便扒了幾口東西，抹抹嘴巴又上臺了：「趁著大家吃飯的空檔，我們就邀請總經理上臺為我們高歌一曲。」

江姐顯然想在今晚把所有團購的客戶全部得罪光。還好總經理顯然不喜歡唱歌，擺了擺手要江姐找副總；副總也跟著搖了搖頭，手指向林胖子；林胖子指了指喉嚨，表示今天感冒不方便。閻王倒是很快就站起來了，用膝蓋想也知道下一個就要點到他。只見他先發制人站起來高呼：「我聽說營廣組林平和主任唱歌很好聽，大家想不想聽他唱歌呀？」

林平和還悶著頭在吃雞肉，冷不防就被人打一槍，他正想把棒子交出去的時候，只見地方業務中心同仁默契十足，一致鼓掌通過，這下子林平和騎虎難下了。

『人多好辦事果然不是一句空話，閻王真是實至名歸，一出手就要命呀！』周毅心想。

話說這個林平和也真不是蓋的，硬著頭皮上臺還要嘴砲一番：「謝謝嚴長官給我這個機會，既然如此，我就來唱一首會讓人感動的歌。」

周毅一群人還在想沒心肝的林平和能唱什麼感人歌曲的時候，他自己揭曉了答案：「這首歌的名字，叫做〈失業情歌〉，希望大家等一下不要太感動。」這是一首不太好唱的歌，林平和操著五音不全的嗓音，大聲唱著：「人生走到這裡／想哭也沒力氣／只好假裝自己還是萬人迷……。」

只能說，閻王點林平和上臺，真的是沒安好心。平和主任「高音破、中音晃，低音飄」，整首歌唱得七零八落難聽至極，這傢伙竟然還不知羞恥，唱完之後還敢說：「來賓請掌聲鼓勵鼓勵，不知道有沒有被我感動到哭？」

只見副總沉著臉色回他一句：「我他媽真的快哭了，怎麼有人破音破成這樣子？」林平和主任只好訕訕地回到座位，接受大家的嘲笑。

閻王這時候又出招了！他拱主持人江姐自己要以身作則唱首歌，還把老沈拉到臺上，幫兩人點了首〈雙人枕頭〉，這時主桌那邊響起了如雷的掌聲。只見兩人搖頭晃腦，口操不標準的臺語，硬是把這首經典唱得支離破碎。

接下來，雄哥上臺了。只見他拿起了麥克風，大聲地說：「現在，讓我為各位帶來一首High歌。」當大家又在猜是哪首歌的時候，音樂一放，竟然是陶喆的〈王八蛋〉。

聽到這首歌的前奏出現，周毅一行人馬上站起來發出歡呼聲。經常在KTV練歌的雄哥果然寶刀不老，〈王八蛋〉唱來節奏分明，音準也到位，嘶吼的段落竟有幾分陶喆的味道。

只見大夥跟著雄哥又唱又跳。「你這個沒有心的王八蛋／你會有一天後悔／不要得意你會後悔……。」有了周毅他們的帶動，一些比較年輕的同事也跟著站了起來又唱又跳，尤其唱到王八蛋三個字，大家的聲音都格外大。

不過主桌的長官聽完之後，臉色有些鐵青就是了！

雄哥一唱完，周毅他們一夥馬上衝到雄哥面前要「唱歌的喝酒」，然後跟雄哥喝成一團。林平和為了要扳回顏面，決定祭出他的祕密武器：帶著四大金釵向總經理敬酒，於是小茜跟雯雯被叫走了，小潘也被老沈招過去，只剩周毅一個人。

這時候雄哥又倒了兩小杯純威士忌，一杯遞給周毅，開口說：「小毅，來，喝一杯。」

「雄哥，這一杯我敬你。」周毅舉起酒杯，真誠地說：「如果不是你，今天我也不會站在這裡喝酒。」然後舉杯一口喝乾。

「兄弟有什麼好客氣的！」雄哥熱情地熊抱了周毅一把。「別忘了我跟你說過的。」

「夢想跟良心，我沒忘。」周毅小聲地回答。

這些日子下來經歷了這些事，連周毅自己都不確定，這兩件事還會在他心裡多久。周毅轉頭看著四周，同事們已經喝開了，有人在舞臺上唱著沒有聽眾聆聽的歌曲，更多人則是四處穿梭忙著找人敬酒。

主桌很熱鬧，一批又一批的同事，由長官帶隊向總經理、副總敬酒。觥籌交錯間，周毅忽然覺得自己彷彿站在人來人往的忠孝東路上，每個人都有自己的目的地，只有自己不知道該往哪裡走。

雖然人潮洶湧，但周毅卻覺得好落寞。落寞的不只有周毅一個人，吳大哥也坐在自己的位子上，默默地埋頭苦吃，周毅帶著酒杯上前，一屁股就坐在吳大哥身邊。

「老大，我來陪你喝一杯。」周毅幫吳大哥倒一杯酒。

「你沒去跟長官敬酒？」吳大哥語氣有點酸酸的。

「再忙也要跟你喝一杯呀！」周毅裝著聽不懂吳大哥的譏諷。「而且我要謝謝你，教會了我很多事情。」

「哎，我們這套不管用了啦，只會守著自己的一畝三分地。」吳大哥沒抬頭，繼續吃。「你又不是不知道我不喝酒。」

「不管啦，這一小杯你要陪我喝掉。」周毅很堅持。「就陪老弟喝這一杯，好不好？」

吳大哥抬頭看了看周毅，然後慢慢拿起酒杯，跟周毅敲了一下，淺淺地喝了一口。這杯酒喝完，在吳大哥跟周毅之間，竟然有種相對兩無言的尷尬沉默。

沉默沒有多久，剛剛在一桌一桌敬酒的總經理，領著一大票長官到了周毅這桌，也是最後一桌。周毅抬頭一看，發現小茜跟雯雯就站在總經理背後，這桌的人趕忙站了起來。

「這一杯酒謝謝大家過去一年的辛苦，繼續加油！」楊三寶先乾為敬。「聽說開發組有兩個新人很能喝，我要來看看明日之星。」

『要死了，我以為躲過暴風圈了。』周毅跟小潘對看了一眼，心裡暗暗叫苦。

只見那該死的林平和，倒滿了一個公杯的純威士忌，然後手拉著小茜下了戰帖：「我們營廣組也有兩個不太會喝的新人，大概就能喝掉這杯威士忌。」然後林平和挑釁地看了周毅跟小潘一眼。「你們行嗎？」

這時候只見小茜跟雯雯在後面嬌嗔：「主任！我們哪能喝這麼多啦！」

林平和這沒用的東西，在臺上丟了面子，現在顯然想要扳回些顏面。他對著小茜跟雯雯吆喝：「妳們兩個喝多少算多少，剩下的我喝。」

「不必了！」受夠林平和囂張態度的周毅，決心再讓他難看一次。

「主任，這一杯我喝了。」然後將這杯大約五百ＣＣ的純威士忌拿起來，仰頭一飲而盡。一夥人看著周毅，忽然安靜了下來，只見周毅連吞的動作都沒有，一口氣喝完。然後周毅緊接著再倒滿一公杯威士忌，推回給林平和，笑笑對他說：「主任，你能喝多少算多少。」

總經理先反應過來，馬上拍手叫好，然後轉向林平和：「人家開發組新人都一口乾了，你要怎麼喝？」

林平和見狀馬上改口：「我等一下要開車，不能喝太多。」

小茜跟雯雯心領神會，馬上接著補一刀：「主任，我們喝剩下的都是你要喝對不對？」然後馬上把那杯滿滿的威士忌公杯拿過來，一人淺淺沾一口，準備遞給林平和。

俗仔就是俗仔！只見林平和腳底抹油往別桌移動，總經理笑著要拉他回來，一群人就這樣笑鬧地離開。

小茜偷偷溜了回來，坐到周毅的身邊：「你還可以吧？」

周毅面無表情：「不太好，我的胃好像在翻滾了。」

小茜有點急：「你撐一下，我等一下回來。」

五百ＣＣ威士忌一下肚，酒精順著血液很快地布滿全身，周毅很快地開始覺得有點恍惚，吳大哥坐在一旁，倒了一杯茶給周毅：「喝口茶，我看這裡差不多了……。」

周毅苦笑地說：「我也差不多了。」他喝了口茶。「但好爽！」

吳大哥說的沒錯！總經理敬完一輪酒後，就被一群人包圍著離開了。總經理一走，其他人也就三三兩兩陸續離開，小茜、雯雯跟小潘跑回周毅這桌，而周毅此時已經趴在桌上了。

「小毅醒醒，我們走了。」小茜過來把周毅拍醒，扶著周毅。「你可以回去嗎？」

此時的周毅，意識已經不太清醒，而且更糟的是，翻滾的感覺越來越強烈，感覺好像有人用手正捏緊自己的胃。

果然才走出門口，周毅就忍不住了，跑到水溝蓋旁開始狂吐，尾牙菜再度還給了大地。

雯雯過來小聲詢問小茜：「我跟小潘要先走了，他交給妳應該沒問題吧？」

周毅聽到這句話，邊吐邊喊：「你們這兩個禽獸！」雯雯跟小潘笑著走遠，小茜回來繼續拍著周毅的背。

吐到一個段落之後，小茜扶著周毅坐在路旁，拿了瓶水給周毅。周毅勉強喝了一口，神志清醒了些：「後來那個王八蛋有喝嗎？」

小茜笑了出來：「你又不是不知道他，他怎麼可能喝！」

周毅嘆了一口氣：「這杯酒喝得真不值得！」

小茜拿出面紙幫周毅擦拭嘴巴周圍，一邊問：「你幹嘛故意讓他當眾出糗呀！」雖是責備，但口氣充滿疼惜。

周毅沉默了一會，喝了一口水，幽幽地說：「我不想看到妳被欺負！」然後低頭不語。

聽到這句話，小茜也沉默了半晌，一邊用手摸著周毅的臉頰，看著周毅說：「我知道。」

然後，她傾身，輕輕吻了周毅。

不知道是因為酒精讓周毅動作變得遲緩，還是下意識不想拒絕，這一吻周毅並沒有閃躲。

小茜退了一步，然後抿著嘴唇，接著開口問：「要我送你回家嗎？」

周毅的身體雖然有些不受控制，但神志卻格外清醒。他知道，有些事情一旦越了界，就很難收拾了。但他還是決定將那隻腳收回了。

「我可以自己回家！」他站了起來，拉著小茜的手，招了一輛計程車，然後把小茜送上車。

「到家傳簡訊給我。」

小茜幾度想開口，但最後什麼話也沒有說，安靜地上了車。

看著小茜的車越走越遠，周毅覺得自己的心好像也跟著越飛越遠，忽然之間，電話來了，是周毅的女友。第一次，周毅不知道該不該接起這通電話。

我知道你最近也很煩，你有說要我多體諒你。

但是，我也很煩呀！

如果兩個人都很煩，那到底誰要先體諒誰，誰要先退一步？我只是想你多哄哄我，我只是希望你陪我出去走走。這樣會很過分嗎？

剛才忍不住又打了通電話給你，你還是悶悶的，問你還是說沒事。

既然沒事，那就算了，我自己去找一些讓我開心的事情來做，哼！

很久沒看瑪法達，想說看看運氣會不會好一點，不看還好，看了差點吐血。

「正經歷一段扭轉人生方向重大事件的這段日子，恐遭遇若干來自家庭、工作或情感的嚴峻淬鍊、轉型陣痛或信任危機、決裂陰影，稍有不慎即傳不小災情。」

怎麼這麼衰啦！是不是太久沒去看土地公公，祂沒空保佑我了？

我不管，今天就算了，下禮拜一定要拉你去拜拜。不然我就跟你大翻臉，老娘說到做到，走著瞧！

看到瑪法達最後那句愛情略覺寒意，我只想說，我討厭寒意啦，春天快點來，情人節快點來！

她的私密日記 5

Sat Jan 11 22:40:08

作者｜Blue（小小藍）

看板｜Blue

標題｜[愛情]寒意上心頭

明明是冬天，天氣還是忽冷忽熱，害老娘的心情也跟著心浮氣躁。

工作已經夠煩了，聽說今年又沒年終，連昨天尾牙抽獎都「槓龜」，眞的太「賽」了。

昨天晚上打給你，本來想問你運氣有沒有好一點，尾牙有沒有抽到東西。怎知你一副愛講不講的樣子，只說喝多了。

想叫你今天帶我出去玩，你又說要去辦公室趕案子，我今天只好一個人去逛街。

氣死我了，怎麼諸事都不順啦！

所以今天逛街決定大開殺戒，買～買～買～買～買～

混蛋周小毅，王八蛋周小毅，我討厭你！

以前我不開心的時候，你總有辦法讓我大笑。不是講一些白七的電影對白，不然就是講一些很冷的笑話給我聽。萬一都沒用，你就會啾著嘴抱著我說：「寶貝來，阿姑親一個。」

雖然都是同一招，但我每次還是會笑出來。

沒辦法！誰叫我笑點太低了呀！

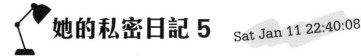

21 祕密

每個人都有祕密，就像每隻狐狸都有個不可見人的尾巴一樣。《贏家周刊》裡的每個人，也都有屬於他們自己的祕密。

周毅跟小茜，在尾牙後，也各自在心底埋下了不能說的祕密種子。

兩人在出版社遇見了，小茜也總是頭低低地走過；就算一起出現在副總的私人聚會上，小茜也不再坐在周毅身邊；以前在Line上，兩人會說說笑笑，而現在，誰也不會先敲對方，視窗打開了，對話窗卻剩下一片空白。

光纖的兩端，連結著兩顆猶豫不決的心。

今天是情人節，春節連假也才剛放完，辦公室難得充斥著歡樂的氣氛。女孩子們都打扮得妖嬌美麗，顯然晚上都有約會的樣子；男生們則湊在一起打屁，開盤下注今天辦公室有哪些女孩子會收到花？

南哥嘆了一口氣：「我最怕情人節了！」

周毅問：「怎麼說？」

南哥挑了挑眉：「情人太多，分身乏術呀！」

小潘笑著說：「所以說要預先調度呀，我已經都安排好了，孟文你呢？」

南哥在旁邊不懷好意地說了一聲：「娘娘腔要跟哪個男人去約會呀？」

聽到娘娘腔這個詞孟文也不生氣，提著高八度音回嗆：「要你管，哪像你這個死老頭只能騙騙小美眉！」南哥聽了也只是笑笑不答腔。

有些時候，周毅其實滿佩服孟文的，雖然不跟長官應酬，講話也很不客氣，但不管男女都喜歡他。

孟文轉頭問周毅：「小毅，那你呢？」

周毅愣了一下，回神後小聲地說：「我跟我女朋友約了吃飯呀！」

一夥人了「切」的一聲，就地解散。

不知道為什麼，周毅知道這樣不應該，但在這個時刻，他就是會想到小茜。

周毅回到座位打開了電腦，小茜不在線上，可能不在辦公室。百般無聊的周毅登錄了Facebook，試圖從小茜的頁面中，找尋一些跟小茜有關的蛛絲馬跡。

小茜的照片集裡面，放的都是朋友出遊的照片，塗鴉牆上滿滿是心理測驗，看不出有男友的端倪。周毅順著目光往下看，在朋友那一欄看到雯雯的照片，點進去，檔案鎖起來了，什麼也看不到；在雯雯的朋友欄中，周毅又看到了小潘的照片。

小潘的檔案設為公開，塗鴉牆沒有什麼更新，倒是照片集裡面非常精采，盡是跟女生在夜店、KTV裡面的親密合照，看得周毅好生羨慕，一路翻下來，雯雯的照片也在裡面。

照片中的雯雯跟小潘靠得好近好近，說這兩人沒鬼還真讓人難以相信。

周毅瞄了一眼小潘的感情狀態：「一言難盡」！

「還真貼切，需要調度的情人節的確是一言難盡。」周毅心想。

周毅忽然想到，之前曾看過林胖子跟老沈在看Facebook。於是周毅一時興起，開始用兩人的名字進行搜尋。林胖子的檔案很好找，點進去一看沒有什麼朋友。果然是中規中矩的人，基本資料填得非常詳細，包括老婆、女兒的資料都填上了。塗鴉牆大多是轉貼美食訊息；照片集裡面，最多的是全家福合照，不然就是林胖子跟老婆或女兒的合照。

『看不出來林胖子雖然腦滿腸肥，女兒倒是挺標緻的。』周毅笑了。

林胖子的臉書沒啥看頭，周毅接著用老沈的名字搜尋，找不到；用老沈的英文名字搜尋，也沒有；周毅試了一堆代號，都找不到。

忽然間他想起一個可能，趕快拿出了老沈的名片，按照名片上的Email去搜尋，居然有了！老沈的嘴臉就出現在搜尋列上。

『我果然是人肉搜尋之王。』周毅有點得意。

點進去看到照片集，周毅倒抽了一口涼氣，裡面滿滿都是老沈跟江姐的親密合照，有國外的，有國內的，甚至還有Motel裡面的。照片很多，但沒有分類，就這樣一張一張上傳。

此時的周毅，有種在房門外偷窺別人的感覺，他心裡很想按「上一頁」離開，但手指卻一頁一頁一直點下去，所謂「心裡說不要，身體倒是挺老實的」，或許就是如此吧。

翻到某一個照片資料夾，裡面有張KTV大合照，點進一看，照片除了老沈跟江姐外，還看到副總跟企畫組淑芬主任親密地抱在一起，周毅之前只是耳聞兩人的閒言閒語，這張照片等於證實傳言並非空穴來風；至於南哥大腿上，則坐著一個非常年輕的女孩，周毅很確定，這絕不會是南哥的女兒。

這下太好了！想看的什麼都沒有看到，不該看到的祕密卻在老沈的臉書中全曝了光。副總、南哥、老沈、江姐都是已婚身分，老沈這麼大剌剌地把照片放到臉書上，顯然完全沒有一點資訊安全觀念。

對老沈的行為，周毅只能用「勇敢」兩個字來形容。

正當周毅在享受窺探祕密的快感時，門外一位快遞大喊：「請問廖淑芬小姐在嗎？」手上還抱著超大的一束花。

「廖淑芬不在這層樓。」南哥告訴快遞怎麼走，轉過頭來咕噥了一句：「也太高調了吧？」一些人則湊在一起竊竊私語，猜測這束花是誰送的？

『**不用多想，這花八成就是副總送來的。**』周毅忽然覺得掌握祕密的感覺真好。

周毅想了一下，決定將剛剛掌握的祕密，用來交換跟小茜聊天的機會。

「嗨，給妳看個東西。」

「看什麼？」

周毅把連結傳給小茜，然後等待小茜的反應。

「哇噻，這也太誇張了吧！江姐跟沈副座竟然在一起？」

「不只，再給妳看這個。」既然反應不錯，周毅接著把大合照連結傳給了小茜。

「我的天呀！這太誇張了啦！」小茜給個昏倒的表情符號。

「我剛剛看到也嚇一大跳，」周毅想了一下，接著打：「雯雯跟小潘有在一起嗎？」

「……什麼意思呀？我不知道該怎麼說耶！」

「我又不會告訴別人。」

「我問過雯雯啦！她沒正面回答我，我覺得應該是互相陪伴的關係吧？」

「什麼叫做互相陪伴的關係呀？」

「就是不承諾在一起，只是互相填補寂寞需求這樣。」

「好詭異，那這樣是在一起還是沒有在一起？」

「不算吧，在一起要兩個人約定一起往前走；互相陪伴就是過一天快樂一天。」

「所以小潘跟雯雯算是互相陪伴囉？」

「可能吧，我知道雯雯有男朋友呀，小潘我就不知道了。」

「小潘的生活也是多采多姿。」周毅接著送上小潘的照片連結。

「你羨慕嗎？」

「我？我不喜歡太複雜耶！」

「人哪有不複雜的！不過，你哪裡找來那麼多東西？」

「就臉書上找的呀！又不難！」

「你不會也找過我的臉書吧？」

「呵呵……。」周毅有點心虛。

「一定有，你好機車！」

「看一下又不會死，妳有不能看的祕密嗎？」

對話框停頓沉默了好一會兒，小茜才回話。

「我一直想跟你說，尾牙那天我喝多了，你千萬別想太多囉！」

這下子，換周毅陷入沉默。

「嗯！我知道，我也喝多了。」

然後，兩人的手指都停頓在鍵盤上空。

「我沒有不能讓人知道的祕密，你有嗎？」小茜問。

周毅還在想該怎麼回答，小茜就丟過來一句：「今天有事要先走，掰！」然後就離線了。

周毅回神過來，看了一下時鐘，六點了，情人節的今天，除了吳大哥、花花姐這種乖乖牌之外，顯然沒有人願意留在辦公室裡自貶身價，只見同事一個個陸續下班。縱然晚上要一個人回家吃泡麵，此時還是要面帶微笑，裝成自己要去約會的樣子。

每個人的心裡面，都藏著一個不能告訴別人的祕密。

周毅打開自己很少更新的臉書頁面，一字一句在塗鴉牆敲著：「I got a secret！」默默地按個讚，然後緩緩地把電腦闔上。

22 危機四伏

在《贏家周刊》最讓人心驚膽顫的，除了週一的例行會議之外，再來就是星期三，因為這天是《生意人周刊》的出刊日。

《生意人周刊》是贏家的最大競爭對手，當然，長官嘴巴是不會承認的。但每當生意人出刊的那一天，贏家的長官們馬上人手一本生意人，照著上面的廣告一頁一頁與當期《贏家周刊》比對，只要發現有哪一家生意人的廣告客戶沒在當期的贏家刊登廣告，長官馬上就會將負責的業務叫進辦公室裡面痛罵一頓，因為「客戶掌握度不夠」。

所以，每到生意人的出刊日，贏家業務都得求神拜佛，希望客戶不要背叛自己。

今天的狀況卻有點不對勁，據南哥說，一般春節過後的一個月，周刊廣告量理論上都是很低的，因為大多數業者要等到放假完，才會決定新年度媒體計畫。

但周毅光用目視，也知道生意人這一期比贏家厚很多，果然經過長官比稿後，生意人的廣告頁數足足比贏家多了三〇％，這下代誌大條囉！

果不其然！副總一早就把主管們全叫進辦公室，根據轉述，辦公室彷彿經歷了一場「唐山大地震」，副總原本講話就大聲，動了怒的副總講起話來更如同恐龍出閘，而且是暴龍等級的。一干人等的媽媽就在辦公室裡，輪流被副總問候著。

而漏稿的業務們，趕快摸摸鼻子在座位上打起電話來，電話開頭多半都是這麼說的：「大哥，你怎麼跑去生意人登廣告沒告訴我？這下被你害慘了啦！」長眼一點像是南哥，則是趕快提著包包離開辦公室，周毅看南哥前腳剛走，後腳趕快跟著出門。

『**去哪邊不是重點，遠離暴風圈才是明智之舉。**』周毅心想。

可惜出來混的，遲早要還。隔天一早，林胖子就召集旗下所有業務開會，等到大家都就定位，林胖子先是一言不發，然後緩緩地用眼神一個接著一個看著所有的業務，肅殺的氣氛蔓延在整間會議室中。

林胖子開口了：「昨天，是《贏家周刊》的恥辱！開春不過兩個禮拜，我們的廣告頁數竟然被奸商給澈底打敗了！」《贏家周刊》的長官，向來都是以「奸商」來稱呼生意人的，也不想想自己還不是「只賣贏」！

『**一個是婊子無情，一個是奸商無義，看來兩本雜誌還真是絕配呀！**』周毅想到這裡，心裡不禁偷笑了起來。

「一直以來，贏家在市場上，都是遙遙領先的第一名，顯然各位放個春假以後，整個都變散漫了！」林胖子越說越氣憤，嘴角還堆積了一抹泡泡。「散漫沒關係，我倒要看看你們怎麼跟我解釋？」

林胖子翻開奸商雜誌，按照廣告一頁一頁開始點名，重點放在《贏家周刊》漏稿的廣告客戶上。

對著花花姐，林胖子先開砲了：「小花，為什麼羅力士手錶這一期在奸商登了封底，我們卻沒有！」花花姐顯然有備而來，只見她拿出一本雜誌，指著其中一頁：「長官，之前羅力士在我們這裡登廣告，結果廣告有色差你還記得吧？」

林胖子沒說話。

花花姐趁勝追擊：「之前就跟你報告過了，客戶很不爽，要我們補刊一期，是你說不管他的，現在客戶把預算轉到生意人去了，這樣要怪我嗎？」

林胖子被說得有點招架不住，只好放低身段這麼回答：「妳再去跟客戶溝通溝通，看是要補刊還是打折，務必再把客戶爭取回來。」接著轉頭看向南哥。

「遠態建設這一期在生意人登這麼大，為什麼我們沒有？」語氣已經沒有那麼嚴厲了。

南哥也不是省油的燈：「過年前我就跟你報告過了，說生意人最近提了很多整合行銷的配套，又有研討會又有別冊又有網路行銷的，你自己說我們沒辦法接的呀！」南哥接著嘆了一口氣：「我們下一期也有廣告，但我要先說，量跟生意人差很多，我都跟副總報告過了。」

聽到「跟副總報告過了」，林胖子沒有再追問，繼續找下一個受害者，這會兒點到吳大哥了。

「老吳呀，你一向客戶掌握度不錯的，怎麼臺灣航空最近都沒有登我們家呢？」

「長官呀，生意人最近很靈活的，又是整合行銷，廣告價格又很優惠，客戶現在都要殺價，我們這種死豬價很難做的啦！」看來吳大哥也是滿肚子苦水，聽得林胖子臉色越來越沉，用求助的眼神看著老沈。

老沈攤開了那張邪惡的價目表，開口就很不客氣：「生意本來就很難做，如果很好做的話，我們找工讀生來打電話就好啦，幹嘛要你們？」

吳大哥臉色有點發青，看來老沈不喜歡周毅，對於吳大哥也沒有好話。

「我們是市場領導品牌，你們要去教育客戶贏家的價值在哪裡，而不是回過頭來跟公司砍價錢。」老沈看著吳大哥，一字一句地說。

「副座你這樣講就不對囉！」花花姐按捺不住，馬上開口反擊。「市場價值不是我們自己認定的，也要看客戶買不買單，生意人現在發行量、閱讀率都不比我們差，廣告價格比我們低二〇％，如果你是客戶，你會選誰？」

「廣告價格是總經理訂的，有本事妳去跟總經理說！」老沈也不客氣回擊。「更何況價格維持一定水準，你們的獎金也領得多，這樣不對嗎？」老沈先把球推到總經理身上，接著再誘之以利，一席話也把花花姐堵得無話可說。

「長官，你們也聽說《數字周刊》下個月就要發行了，現在客戶預算的餅就這麼大。」南哥用手比了一個圓。「不能再用以前那套方式做事了啦！」

「《數字周刊》跟我們的屬性完全不同，沒什麼好擔心的！」老沈輕描淡寫地回應。「還沒跟你們說，去年我們表現很好，總公司還要我們今年業績成長三〇％，所以過些日子各位的業績目標都會調整。」

老沈此話一出，大家開始呼天搶地，這裡大嘆「老闆吃米不知米價」，那裡高喊「不知人間疾苦」，老沈跟林胖子沒什麼多大的反應，只是看著大家哀嚎。

「長官，業績目標不是這樣信口亂訂的，廣告的大餅越來越小，」南哥用手比了一個比剛才更小的圓。「媒體卻越來越多，現在《數字周刊又》要進來了，能維持平盤就不錯了！要成長三〇％？不可能的啦！」

老沈嘆了一口氣：「我也知道不容易，但這是總公司交辦的任務呀，總經理近期會跟我們開會，提出三十計畫。」老沈扶了一下眼鏡。「業績成長的目標是不會變的，你們要有心理準備。」

周毅坐在臺下聽，這才發現，林胖子為什麼要仰賴老沈的原因。面對下屬的質疑時，老沈實在太會打太極拳了，四兩撥千金就把問題推開了。

正當周毅還在胡思亂想的時候，老沈砲口卻瞄準周毅而來：「小毅，你那家客戶在生意人登了一個跨頁廣告你知道嗎？」

「報告長官，這個跨頁廣告我們之前就登過了。而且客戶只登生意人這一期而已，現在客戶持續在我們這裡登全頁廣告，我們的預算還是比對手高。」還好周毅昨天就特別去拜訪了翁副理。

「既然他們在生意人登跨頁，在我們這裡就要登一個跨頁，我不管，你去給我爭取回來。」

老沈做了結論，沒有討價還價的空間。

「是，我會繼續去爭取……。」周毅沒有多廢話，他知道這個時候講什麼也沒有用。

會議開完了，只見大夥陸續離開會議室，嘴巴依然持續碎碎念著，吳大哥走到周毅的背後拍拍他的肩膀：「老弟，日子越來越難過囉！」

山雨欲來風滿樓，周毅的心裡也有相同的感覺。

23 組織再造

南哥的預感並沒有錯！擅長造勢的《數字周刊》一上市，馬上受到很多讀者的關注，首期十多萬份印量全部銷售一空，一些廣告客戶對《數字周刊》的態度也從觀望偏向正面，不少消費產業的廣告客戶，更是開始嘗試將預算分配到《數字周刊》了。

《數字周刊》進來後，除了對廣告市場帶來新的衝擊以外，對於人才也開始發揮磁吸效應，報社一些優秀的中生代，也紛紛跳槽到《數字周刊》，投靠黎胖子而去，逼得《贏家周刊》只好更積極地開始招募新人。

不過中生代一走，對周毅這樣的菜鳥，未嘗不是一件好事。前輩離開後遺留下來的客戶，周毅很快地接收；有些前輩看周毅老實，更把客戶交接給周毅——當然他最後還是必須把獎金退還給前輩，但有了這些新客戶，周毅的業績慢慢開始穩定了。

幾個月後，三寶總經理的「三十計畫」開始看出成效了，只不過業務曲線是往下的。這下子，三寶可緊張了。

在某次主管會議上，平常吊兒郎當的楊三寶，據說跟各級主管下了通牒：「這樣下去不是辦法！我認為我們應該要有一些更創新的作法，請各單位主管下去研擬組織再造的具體細節，否則不排除近期將會調整主管職務。」

三寶一緊張，底下的主管也跟著發神經，最近的業務會議越來越難過，本來比稿只比奸商雜誌，現在還得同場加映《數字周刊》。只要看到《數字周刊》出現贏家沒有的廣告，主管馬上開始緊迫盯人。

長官嘴巴說贏家跟《數字周刊》屬性不同，但談到業績時可就完全不那麼想。地無分南北，人無分老幼，雜誌不分屬性，人人皆有守土抗戰的責任，戰爭開打了。為了避免「三十計畫」持續走弱，《贏家周刊》接下來，也就開啟了一系列所謂的組織再造方案。

首先改變的，是部門名稱。

原本的開發組變成了「臺北業務中心」，營廣組變成了「廣告開發中心」，專案組變成了「行銷專案中心」，連只有一個人的企畫組，都變成了「品牌企畫中心」。

看著新到手的組織圖，周毅不解地問吳大哥：「這跟以前有什麼不一樣嗎？」

「有！」吳大哥苦笑著說。「名字不一樣！」

再來，就是把原有的人員分組打散，然後重新排列組合。只不過對於這一點，每個主管的意見不一樣，於是擺在總經理面前的，就有以下幾個方案：

第一個方案，是林胖子提出來的。新組別從功能面下手，依照每一組的人員行業專長，將專長類似的歸到同一組，例如科技組、金融組、房地產組、汽車組等等。

這個方案看似立意良好，但要知道，《贏家周刊》的客戶涵蓋各行各業，每個人手上的客戶或多或少都是跨領域，真要按照行業分組，那得有三百六十五組才行，而且每個業務要怎麼歸類也是一個大問題。

第二個方案，是閻王提出來的，根據業績目標來分組。每一組訂定相同的業績目標（當然是高不可攀的目標），然後根據每個人的業績目標來分組。例如每一組的業績目標是兩百萬，那就把五個業績目標四十萬的業務湊成一組。

這個方案其實是數學題，就是把每個人化為一個可被評量的數字而已。

第三個方案，是由李尚勇主任提出來的，根據年資來分組。由年資稍長的前輩帶著菜鳥，希望發揮母雞帶小雞的功能。只不過《贏家周刊》的生態向來是母雞吃小雞，或是小雞咬母雞，可行性令人存疑。

第四個方案，則是由人事部江姐提出來，因為所有玩法都有人提了，而人力資源中心（原人事室）又是組織再造的直接權責單位。就在江姐絞盡腦汁，與人力資源中心同事腦力激盪後，也端出了他們的再造方案：「男生分一組，女生分一組。」人力資源中心的理由是：透過這樣的改造，可以讓兩組避免不必要的牽扯，並發揮良性競爭的作用。

據說，這是第一個被楊三寶丟到垃圾桶的方案。

『江姐，妳還是專心搞團購吧！』周毅聽完小茜轉述後笑了好久。『而且，妳自己跟老沈分明就有不必要的牽扯了呀！』

經過一群長官們的密切討論後，最終由三寶拍板，決定採用林胖子的方案，於是大家開始一陣兵荒馬亂，換座位、改名片，有些人甚至換了直屬長官！

長官總是英明的，就算不英明最起碼可以扛責任。

粗糙的組織重組完成後，一切似乎沒有什麼改變，該做的業績還是要做，該搶的客戶還是在搶。連業績也依然維持俯衝的姿態繼續向下探底。

於是，三寶又緊張了！

又經過一陣密集的高層會議後，三寶發現業務績效難以掌握的原因，是因為主管都不知道大家在幹嘛，於是三寶又下指示了：「自即日起，所有業務每日務必填寫工作日誌，並交由主管批示之後才能下班。」

原本業務只需要填寫每月業務計畫表，交代當月分業績狀況就好了。現在還得加寫工作日誌，交代你每天做了什麼，去了哪裡，打了哪些電話，對公司、部門有沒有什麼具體建議，就好像小學生在寫日記一樣。

既然上有政策，下也有對策。規矩一點的像是吳大哥，則是老老實實將每天的行程交代在工作日誌上，像南哥這種外務很多的，每天下班前就忙著翻出名片，然後亂填一堆湊數。

電話是有打的，客戶是有跑的，酒是沒有喝的，KTV當然是沒有去的。南哥看準了《贏家周刊》的長官們，不可能一筆一筆稽核，就算要查，也不會查到業績向來表現良好的南哥身上。

至於周毅，當然沒有這麼大的膽子，工作日誌上的行程大概有八成是真的，但為了怕洩漏軍情，有些正在開發、比較敏感有爭議性的客戶，他會略過不寫，保密防諜人人有責；如果跑去鬼混的那一天，他也會先跟幾個好友講好，寫上朋友電話以防老沈查核。

某一天，周毅的同學打電話過來：「喂！你們家那個沈副主任剛剛有打電話過來，問說你今天有沒有來拜訪耶！」

周毅心頭一驚，連忙問：「幹！真的查我了，你有沒有出賣我？」

「當然沒有啦，我還在他面前稱讚了你幾句，兄弟一定要挺一下的呀！」

周毅的深謀遠慮，不是沒有道理的。

某一次，總經理隨堂抽看同仁的工作日誌，發現建議事項一欄大家都保持空白，所以他再度要求所有同仁，每天至少要寫上一條建議事項，主管們只好無奈要求大家的工作日誌上，得補上建議事項，於是周毅每天傍晚除了得瞎掰行程，現在又多了瞎掰建議事項。

有天晚上，周毅實在掰不下去了，偷偷跑去翻了一下南哥的工作日誌怎麼寫的，於是他看到以下內容：

「最近天氣開始炎熱了，同仁外出的時候應注意防晒。」

「股市下跌，融資保證金繳不出來，公司可否提前發放業務獎金？」

「男廁的芳香劑味道很噁心，是否請採購人員換個牌子？」

只見老沈在每個建議事項底下批了個「閱」。
『靠！這樣也行？』周毅算是長了見識了。
大家都知道這是一場戲，既然導演這麼排，演員也只好配合演出，大家心照不宣。
這天下午，一夥人又跑到KTV唱歌，只見大家七嘴八舌，抱怨這些改變實在很無聊，南哥開口了：「你們知道業務為什麼做不好，其實有三個原因：一是像寡婦睡覺，上面沒人；二是像妓女，上面老換人；三是像和老婆睡覺，自己人老搞自己人。」南哥舉杯。「恭喜各位，《贏家周刊》連中三元，以上皆是！」
只見一夥人一起舉杯歡呼，南哥說得真是太貼切了！
當然這一天，副總沒有來。

24 漸行漸遠

今天是周毅在《贏家周刊》第五十三個星期一，正巧也是吳大哥在《贏家周刊》滿十周年的日子，他還是一如往常地準時上班。早上三寶難得要召開全員會議，要求所有內外勤人員全部要到齊。

吳大哥有預感，大概不是什麼好事情。

事實上，《贏家周刊》最近也的確沒有什麼好事情。下半年開始金融海嘯爆發，客戶的廣告預算急速縮水，《贏家周刊》的業績，就像一列停不住的列車一路往下開，沒有最低只有更低。

大環境很糟，主管們也只能坐在辦公室裡面束手無策，每天躲在辦公室開會。但三寶的改造方案顯然沒有任何的成效，面對《數字周刊》與《生意人周刊》的夾擊，高層們完全提不出有效的因應措施，到頭來還是只有那一千零一招：威脅恐嚇，業務們為了生存，搶客戶的手法也越來越粗暴。

如果要用一個字形容，那就是「亂」！

連一向溫良恭儉讓的吳大哥，這時候都感覺到無比的壓力。對外有兩大對手雜誌的分食、客戶廣告預算縮水等因素，對內還得面臨同事的惡性競爭，向來謹守本分的他，心裡卻越來越惶恐。

上個星期，老沈把吳大哥叫了過去，要將吳大哥的業績目標一口氣調高五成，不善言語的他根本抵不過老沈的強勢。老沈說能者多勞，但吳大哥卻覺得長官將自己當作提款機，缺業績的時候就找他要業績。

相較於吳大哥的悲慘境遇，他一手帶出來的小徒弟——周毅，卻越混越好了，業績也跟《贏家周刊》走勢恰恰成反比，開始展現爆發力，老沈雖不喜歡周毅，但周毅卻用實力在《贏家周刊》站穩了腳步；而且周毅他在公司擁有不錯的人緣，三不五時就跟雄哥、南哥幾位前輩喝酒聊天，不僅讓周毅從其他前輩身上學到不少眉眉角角，也比自己更早一步獲得寶貴的訊息。

不知為何，看到周毅漸漸步上軌道，吳大哥心裡卻有點不是滋味。

不到九點半，《贏家周刊》的臺北同仁就已經就定位了，大會議室裡面擠得滿滿的。因為位子不夠，很多人得站著開會，吳大哥來得慢，也只得縮在會議室的角落與新人一起排排站。

不一會兒，總經理、副總、林胖子、閻王依序走了進來，四個人緩緩地坐下。總經理緩緩地用目光掃視了全場，不疾不徐地開口：「今天在這裡，是有幾件事情要跟大家宣布！」吳大哥和其他人一樣，大家都深吸了一口氣。

「今年上半年，雖然市場一片不景氣，但我們的業績卻依然持續成長，領先各大周刊，我在這裡要特別謝謝大家的努力。」總經理帶著笑容說。

『看來報喜不報憂也是總經理的絕活之一呀！』聽到這裡，吳大哥心裡有些納悶，總經理大張旗鼓地把大夥叫來會議室，絕不會只是要對眾人精神勉勵吧？

只見總經理繼續往下說：「今天在這裡，我們也特別要獎勵幾位上半年表現特別傑出的同仁，特別感謝他們的貢獻，也希望大家可以向他們學習。」

在一陣掌聲之後，江姐領著人事中心的同仁帶著獎金與獎牌到了臺上，江姐依序念出績優同仁的名字，這些同仁又一個個上臺領獎。

上臺領獎的大多是老面孔，像是李尚勇、南哥、還有幾位百萬業績的金牌業務，地方業務中心有幾位同仁特別北上領獎，底下同事掌聲稀稀落落的。

吳大哥看來顯得有些落寞，他在《贏家周刊》十年了，雖然不是頂尖業務，但每個月業績總能達到公司的要求，雖然沒有暴起，但也不會暴落，十年如一日算是相當穩定。

但除了提高業績目標之外，每回頒獎自己總是陪榜的分，於是只見吳大哥在一旁碎念：「能者多勞，但我們只有苦勞，沒有功勞。」

江姐接著說：「最後一個獎，是這一次特別增設的『最佳潛力獎』，我們頒發給年資一年以下的新人。」江姐停頓了一下。「得獎的是，周毅！」

聽到周毅的名字，吳大哥愣了一下，只見周毅第一時間也沒反應過來，呆呆地站在臺下。旁邊的小茜趕快上前推了他一把。

周毅一頭霧水地走上臺，一頭霧水地從總經理手上接過紅包與獎盃，一頭霧水地與總經理合照，最後又一頭霧水地走回小茜旁邊。

經過南哥身邊時，南哥還大力地拍了下周毅的屁股，把他嚇了一大跳，南哥大聲地說：「臭小子，幹得好呀！」惹得大家都笑了。

只見小茜一把將紅包搶了過來，興奮地說：「請客請客啦！」接著瞄了一眼紅包袋裡面：「才一千元，怎麼夠吃呀？」小茜做了個鬼臉，這才心不甘情不願地將紅包還給他。

周毅瞪了她一眼，然後小茜幽幽地說：「去年這時候我們才剛來，記得你第一天還土土的，沒想到一年後你竟然是最佳潛力，太扯了啦！」小茜雖然感慨，但眼神卻滿是笑意。

周毅與小茜的互動看在吳大哥眼裡，卻覺得格外刺眼。**『為什麼好康都輪不到自己身上。』**吳大哥不斷在心裡問自己。

接下來進入正題，總經理談到《贏家周刊》將搬回總管理處的消息。

搬家是件大事情，總經理一說出口，大家就在底下開始竊竊私語。總經理檯面上的理由，是說因為大家表現良好，總管理處希望《贏家周刊》可以搬回集團，不僅能夠帶動集團士氣，未來與集團其他媒體共同合作，進行整合行銷的提案。

吳大哥雖然老實，卻也不笨。他也知道「開口說出來的都不是真相」。相較於總經理嘴巴上說的，吳大哥寧願相信自己的推測：「總公司裁了很多人，贏家最近也表現不好，搬回去之後就近看管，還可以省下辦公室租金。」

最後，總經理說因為大家上半年表現不錯，為了要犒賞同仁，近期將會舉辦員工旅遊，等規畫完成之後再讓大家報名，算是為這一次大會，畫下一個句點。

會議解散後，周毅正好迎面走向吳大哥，吳大哥原本想開口恭喜他，但不知怎麼的，他卻酸酸地說：「不簡單呀，最佳潛力獎，青出於藍喲！」

周毅聽完也只是笑笑沒說什麼。

這些日子以來，兩個人已經很少去喝咖啡了，偶爾加班比較晚，吳大哥想去來找周毅聊天，但脫口而出的內容盡是一些抱怨長官的話語，周毅似乎變得有點害怕跟吳大哥相處了！這樣的轉變，吳大哥跟周毅兩人其實都很清楚，只是誰都沒有點破而已。

頒獎大會結束，幾家歡樂幾家愁，但各業務沒有停下腳步，依舊按照原本的行程去拜訪客戶。在《贏家周刊》業績是每週每週結算的，如果不想被業績目標追著跑，只能選擇快步超越它，所以業務永遠沒有停下腳步的權利。

尤其是吳大哥，他更是煩惱下個月多出來的業績目標怎麼辦才好，他只能逼自己跑更多的客戶。

吳大哥和周毅兩個人差不多時間回辦公室，兩個人都拖著疲憊的腳步，兩個人腦中想的是這個月的業績缺口還有多少，有幾個客戶還等著提案？幾個問題還有待解決？

在電梯裡，兩個人都沒有說話，只是抬頭看著樓層指示燈。

周毅進了辦公室，看到桌上放著一瓶蠻牛。

周毅拿起了蠻牛，旁邊有張可愛的紙條，上面寫著：「小毅，你累了嗎？今天是屬於你的日子，送你一罐蠻牛幫你打氣加油，GOGO！」

不用猜，也知道是小茜送來的，周毅打開電腦，這一刻，他的心裡有種複雜的情緒。

同事已經走得差不多了，只剩下南哥、吳大哥跟周毅。

南哥走向周毅開心地說：「走！我請你喝酒，金牌業務跟最佳新人去喝一杯，帶你去耍一下！」

「南哥，我明天有個案子耶，今天可能不行啦！」周毅說謊了，這個時刻他只想獨處，沒有狂歡的心情。

「好吧！才想說今天要帶你去不一樣的地方咧！」南哥有點掃興地走了。

南哥走了以後，辦公室只剩吳大哥跟周毅兩人。這時的周毅很用力地端詳桌上的獎盃，彷彿他想要努力地看清楚，獎盃的背後到底有些什麼？

剎那間，想起一年前來面試的那一天，想起自己在這裡曾經跌跌撞撞，想起雄哥、吳大哥、南哥曾經說過的話，想起自己每天加班，想起自己多少個假日為了寫企畫案而冷落女友，想起自己的改變，想起小茜，想起自己的生活正一點一滴地，被《贏家周刊》侵蝕著……。

而這一切，換來的是周毅桌上的獎盃，還有一千元獎金。

路很長，周毅不知道自己會走到哪，他只覺得自己一步一步越走越遠了！

周毅嘆了一口氣，離開了辦公室。

吳大哥見周毅走了才起身，走到周毅桌前看著這座最佳新人的獎盃，回想這十年來在這裡，他娶了妻子，生了孩子，買了車子跟房子，也賺到了銀子，雖是不折不扣的五子登科，但他卻總覺得還是少了些什麼。

十年來，吳大哥始終低調，只會小心翼翼地守護自己打下來的田地。在同事眼中，吳大哥是個不善言語的老實人；在長官眼中，吳大哥是個努力的下屬，使命必達，但難成大器。

吳大哥很認命，他知道獎盃是虛的，只有賺錢才是真的。只是偶爾看到別人光鮮亮麗上臺領獎的時刻，他還是希望自己也有一個機會，可以站在臺上，享受著一點點金錢之外的成就感，讓他可以帶著獎盃回家，讓老婆小孩可以一起分享那份榮耀。

但十年來，吳大哥沒拿過最佳新人獎，那一年的最佳新人是同期的張浩南；每年不多不少的業績，也達不到年度績優人員的標準。在耀眼的南哥身邊，吳大哥注定只能當個B咖，如今這個他一手拉拔起來的小老弟周毅，眼看著就是下一顆明日之星。

『周毅怎麼沒把獎盃帶走？』吳大哥心裡越想越有氣。『拿了最佳新人獎，竟然連句感謝的話也沒有對我說？』

吳大哥就這樣站在周毅桌前，直盯著「最佳新人」的獎盃看得出神。

但我還是決定將這句話吞回肚子裡。

我心裡真的覺得，如果以為買束花，吃頓大餐我就會開心的話，我寧願回家算了。

快吃完的時候，淡水河畔放起了煙火，煙火好漂亮。

今晚的夜色好美，天空沒有雲，月亮有一半照在河面上，就好像一道銀河，一直延續到我們站的地方。

你用手指向月亮，我趕快把你的手拉下來。

雖然我心裡悶悶的，但我還是不想你的耳朵被割掉。

不知道，看著眼前的你，我只覺得越來越陌生。

她的私密日記 6 Sat Jan 11 22:40:08

作者｜ Blue（小小藍）

看板｜ Blue

標題｜ [愛情]陌生的情人節

上個禮拜你說情人節要帶我去吃飯，問我想吃什麼。

其實我覺得吃什麼不重要，兩個人能在一起比什麼都重要。

最近的我們好像越來越疏遠，不只是距離，心也是。

今天一早，我收到快遞送來你的花束，滿滿的九十九朵。

下班的時候，你到辦公室樓下來接我，說真的，收到花雖然很開心，但見了面還是忍不住說你浪費錢。

你只淡淡地說：「錢是小事，妳開心就好。」

我不知道你怎麼會這麼說，這實在不像是我認識的周毅會說的話。

而且我左手捧著一大束花，右手提著袋子不知道該怎麼走。

你卻只是低著頭一個人默默地在前面，似乎完全沒有發現我的困窘。

你帶我到淡水榕堤，我們坐在窗邊，一邊吃飯一邊聊天。

我覺得你好像有點心神不寧，但你只是說工作很煩，接著又補了一句：「這裡很貴，還好這個月業績不錯，才能帶妳來。」

我當時很想應你一句：「金錢又買不到快樂。」

參、老鳥飛天

時間：約莫半年後　／　地點：某餐廳

這年頭出來混，你的抬頭有個「理」字，你可能是個屁；

抬頭連個「理」字都沒有，那你連屁都不是。

25 真心話大冒險

原本以為總經理口中的員工旅遊，就算不是東京五天四夜遊，好歹也是香港三天兩夜遊，再不濟也該去個花東、墾丁的地方吧。

最終答案揭曉：草嶺古道兩天一日遊。整個行程是週六出發，週日回來，也不是住大飯店，而是住普通民宿，完全就是一個很沒誠意的行程。

雖然沒誠意，但既然是不用花錢的行程，還是不少同事報名參加。周毅原本還在考慮要不要花兩天的時間去玩樂，但禁不住小茜三番兩次的邀請，周毅還是報名了，只不過之前尾牙的經驗告訴他，這次出遊恐怕會有「事情」發生。

出發當天，一群人七早八早就在公司樓下集合，幾個年輕的同事開心地在旁邊嘰嘰喳喳。南哥、雄主任、老沈、江姐四個人都是單身出席，林胖子、吳大哥、花花姐則是全家出動，花花姐對於能夠出遊感到相當開心。

三寶與副總一如預期並未現身。

『還好大長官沒來，不然很煞風景。』這應該是所有人共同的心聲。

大夥高高興興在遊覽車上聊天嬉鬧，五個新人坐在一起打牌，南哥也湊過去插花。打了幾輪大老二之後，小潘就離開跑去找新來的總機美眉搭訕，南哥則繼續坐在雯雯旁邊打屁，小茜看到車上有KTV設備，拉著周毅跑到最前面準備點歌。

小茜一面翻著歌本，一面抱怨：「這些歌都好舊喔，不知道要點什麼耶！」

只見周毅笑笑地，從皮夾掏出幾張破舊的紙。小茜接過去看，充滿好奇地問：「這什麼？」

周毅有點不好意思：「沒有啦，之前跟長官去唱歌，我就把他們常點的歌記下來。」

小茜哈哈大笑了起來：「哇噻，你心機好重喔！」

周毅笑著反擊：「拜託，每次你們都在喝酒，不然妳以為歌都是誰點的？」

小茜邊輸入歌曲代碼邊說：「你那麼貼心，怪不得老闆這麼愛你。」小茜像是想到什麼，露出古怪的微笑問周毅：「那要不要點〈雙人枕頭〉？」

周毅看了一眼坐在一起的老沈與江姐，湊到小茜耳朵說：「好主意，搞他們一下！」

歌曲一首一首播出來，等到〈雙人枕頭〉出來的時候，小茜拿起麥克風，學起尾牙時江姐的口吻：「這一首深情的歌，我們邀請《贏家周刊》的神仙眷侶：江主任與沈副主任上臺，為我們高歌一曲。」

『小茜真敢，講得這麼白。』周毅在旁邊「噗嗤」笑了出來。

他看了看底下，知情的人臉上都掛著曖昧的笑容，其他人則大聲鼓掌。

吳大哥的老婆則轉頭問吳大哥：「他們兩個是夫妻嗎？」

吳大哥也一頭霧水：「不是啦！他們只是剛好會唱這首歌。」

老沈跟江姐倒也不扭捏，走上前來就拿起麥克風開唱，這時候雄主任舉手點歌了：「小毅，幫我點〈流浪到淡水〉，插播。」

High咖雄主任拿起麥克風自然是唱作俱佳，整車的人跟著雄哥的節奏，大聲唱著：「有緣／沒緣／大家來作夥／燒酒喝一杯／乎乾啦！」大家唱得開心，但周毅和小茜覺得自己好像老人觀光團的導遊。雄哥唱到快尾聲的時候，南哥也在底下舉手：「小毅，幫我點一首歌，〈對你有感覺〉！插播。」

周毅很快幫南哥插隊點播，〈流浪到淡水〉就結束了。他正在想南哥打算跟誰唱的時候，緊接著就是〈對你有感覺〉，這時只見南哥拉著雯雯上來。

看到這個情況，周毅跟小茜不約而同用視線尋找小潘的方位，只見這傢伙還坐在總機美眉的身邊聊天，兩個人聊得花枝亂顫的，臺上南哥跟雯雯兩人也唱得很有默契。「怎麼會開始對你有了感覺／又深怕朋友默契轉身不見／矛盾著猶豫不決／沒準備跨越愛的界線……。」不過周毅跟小茜聽到這首歌的時候，兩人只是低著頭不說話。

到了草嶺古道，周毅發現這還真是老人行程，因為大夥得一路沿著草嶺爬山，從貢寮方向一路健行到頭城。一群人在路上走得叫苦連天，頻頻聽到有人在問：「到了沒？」「還有多久？」

「設計這個行程的人肯定是上輩子跟大家有仇。」南哥邊擦汗邊罵。

走完草嶺古道後，一夥人沿著宜蘭海邊走走停停。周毅看著北海岸，心想好像很久沒有出來走走了，一路上他話不多，大部分時間只是靜靜地看著蔚藍的海。

晚上到了餐廳，少不了又是一頓酒池肉林，回到民宿開始分配房間，周毅跟南哥被分配在一起，兩人進了房間屁股還沒坐熱，雄哥的電話就打了過來，要大家去他房間繼續喝。

到了雄哥房間，只見小茜、雯雯等人都換上了家居服，周毅看了小茜一眼，她很隨性地綁了個馬尾，坐在雄哥旁邊。南哥一屁股坐在雯雯旁邊，小潘則坐在雯雯與總機美眉的中間，周毅刻意選在小茜的對面坐下來。今天晚上，周毅不想有什麼失控的場面出現。

一夥人邊看電視邊喝酒聊天，周毅今天狀況不太好，在一旁很節制地控制飲酒，但大夥顯然都有點茫了。雯雯忽然拿出一副撲克牌，爆出一句：「我們來玩真心話大冒險好了！」

聽到真心話大冒險，大夥的興致都來了，一群人站起來猜拳，這麼巧，周毅是第一個。

周毅想了一下，然後賊笑了一下，才開口問南哥：「在《贏家周刊》你最討厭誰？」這顯然是個不懷好意的問題。

想到南哥上次在辦公室跟李尚勇對嗆，周毅覺得答案呼之欲出，沒想到南哥喝乾了一杯酒之後，對著雯雯吐出來的答案竟然是：「我最討厭的就是你們的長官，林平和。」末了還補了一句：「姓林的都不是什麼好東西！」

大夥面面相覷，這答案未免也太誠懇了吧！雯雯大著膽子追問：「為什麼？」

「嘿，這是第二個問題了，換下一個。」南哥醉歸醉，腦袋還很清醒。大夥看向總機美眉。初來乍到的總機美眉也搞不清楚狀況，她只好看向雄哥，跟周毅問了個相同的問題：「主任，那《贏家周刊》你最討厭的是誰？」

不知為什麼，周毅覺得這個問題一樣不懷好意。

雄哥忽然站了起來：「我最討厭的人跟大家一樣，哈哈哈！」

大夥紛紛起鬨「不算不算」，但雄主任拍了一下桌子，大喊：「誰說不算？」大家都閉嘴了。下一位。

小潘喝了一杯酒，其實不用想也知道這傢伙會問什麼，果然就看到小潘對著總機美眉問：「妳有沒有男朋友？」聽到這個問題，大夥都「切」了一聲，雯雯沒出聲，只是默默喝了口酒。只見害羞的總機美眉怯生生地說：「沒有耶！」然後臉都紅了！只見一群臭男人大聲站起來歡呼，不知道在爽什麼。

接下來換雯雯，只見她沒好氣地說：「大家都問真心話，我來大冒險啦！小毅去親小茜一個！」話才說完，大家都站起來跟雯雯擊掌，只剩周毅跟小茜拚命搖手，周毅更是大叫：「幹！別玩我啦！」

大家在一旁拚命鼓掌外加吶喊：「親一個！親一個！親一個！」的聲音不絕於耳，周毅跟小茜對看了一眼，周毅大口喝了杯酒，快步上前，對著小茜的臉頰輕吻了一下，「你們爽了吧！」小茜則是羞紅了臉。

在眾人的歡呼聲中，周毅逃回自己的座位，氣氛越來越High了。下一個換南哥！南哥看向雯雯，開口問：「雯雯，在《贏家周刊》裡面，妳最……喜歡的人是誰？」

雯雯想都不想馬上接口：「那還用說，當然是南哥呀！」

眾人又是一陣歡呼：「在一起、在一起、在一起！」接著換小茜，她迫不及待站了起來：「終於輪到我啦！」

小茜手扠著腰：「為了要謝謝我的好姊妹，小潘你去親雯雯一個，而～且～要～親～嘴！」

當眾人正準備鼓譟的時候，雯雯猛然站了一起，雙手交叉在胸前，冷冷地說：「我不要！」然後走到一邊。

忽然間，氣氛冷到最高點。

南哥馬上站到雯雯身邊小聲說話，看起來像在安撫她；小潘則是裝沒事人，繼續跟雄哥喝酒。周毅的電話響了，是女友打來的，他二話不說，拿起手機回到自己房間。

也許是走了一天太累了，也許是酒喝太多了，電話草草講完之後，周毅就在床上睡著了，但隔壁隱約傳來大家的喧鬧聲，讓周毅睡得很不安穩，好一陣子喧鬧聲才小了點。

朦朧之間，周毅感覺有人進門，他偷偷睜開眼睛，卻覺得身型不像是南哥。

『該不會是小茜吧？』他很快把眼睛閉上。

周毅打算繼續裝死到底。

但是，這人並沒有朝周毅這走過來，反而搖搖晃晃走到南哥的床上睡了下來，周毅將自己的眼睛小心翼翼打開一條縫，這下他看清楚了，這人是雯雯。

『雯雯是不是醉到走錯房間呀？這下怎麼辦？』孤男寡女共處一室，傳出去實在不好聽。

正當周毅不知如何是好的時候，房門又打開了，周毅這回看清楚，是南哥回來了，這下尷尬了！周毅正想起身告訴南哥雯雯睡了他的地盤，只見南哥把房間電燈關掉。然後，南哥竟然直接往床上躺去。

『這兩人該不會想在這裡演出限制級吧？』看著這一幕，周毅驚呆了！而且這樣的組合實在讓人訝異呀。

隔壁的房間已經恢復平靜，原本的喧鬧化為一陣寂寥，靜得周毅彷彿只聽得見自己的呼吸聲。順著窗外昏暗的月光，周毅睜大眼睛看著另一張床，他知道事情沒有這麼單純。

沒過幾分鐘，情況有了進一步發展。隔壁床的棉被開始翻動，安靜但劇烈地翻動，除了隱約夾雜著偶發的咕噥聲，大體上還是很安靜。

兩人顯然不想吵醒周毅，雖然周毅根本沒睡，所以他們小心翼翼；周毅知道這兩人根本沒醉，因為酒後亂性的人不會如此壓抑。

一個寂靜的房間，兩張狹小的單人床，躺著三個微醺卻又清醒的人，有著各自的心思。

又過了一會兒，周毅瞄到隔壁床的棉被山忽然慢慢地隆起化為一個小山丘，然後下沉，山丘又隆起，又下沉，相當規律地律動著。雖然沒有其他的聲響，但棉被山內的狀況，周毅想也知道發生什麼事了。

『他媽的死南哥！這個禽獸！』周毅在心中暗罵了一聲。

看著山丘忽上忽下，周毅很想轉過身去繼續睡覺，當作這一切沒有發生過，但好奇心卻讓周毅的身體僵住了，他只是拚命睜大眼睛，豎直耳朵，定定地看著眼前這一切的荒謬。

此時，周毅已經亂了方寸，他勉強穩定心神，看著山丘穩定地起伏，他只好把它當作數羊一樣打發時間，希望自己趕快入眠。『一下、兩下、三下、四下……。』數著數著，周毅突然覺得體內有股尿意即將爆發。他只好邊罵邊數羊，邊希望南哥早點完事。

南哥果然沒有讓周毅失望，大約數了幾十下後，山丘終於不動了，一切歸於平靜。也不知道過了多久，周毅覺得自己快忍不住了，於是他悶哼了一聲，踢開棉被，裝著搖搖晃晃爬起來，進了廁所。雖然周毅有預感今晚會出事，但萬萬沒想到事情竟然會演變成這樣。他扭開了水龍頭，讓水流了好一陣子，然後用手盛著冷水往臉上潑。

過了一會兒，腦筋一片空白的周毅不想在廁所待一整晚，他只好再度假裝醉意搖搖晃晃走出廁所躺回床上。他死命地看著隔壁床，很擔心南哥意猶未盡加演續集，幸好對面的小山丘安分地沒有再起伏，周毅也沉沉地入睡了。

隔天早上，周毅被刺眼的陽光刺痛了眼睛，腦中回憶昨晚發生的事，他趕快起身看向隔壁床，已經人去床空，只見棉被散亂地攤在床上。

他不知道之後該怎麼面對南哥跟雯雯，更不知道要不要跟小茜說這一切，現在他只覺得腦筋一片空白。

26 老虎不發威

周毅最近有點煩！

倒不是因為親眼目睹春宮秀，而是因為工作。

工作最煩人的地方，在於你越進入狀況，大小麻煩也接踵而至把你淹沒。

就好比最近周毅剛接手的一個客戶，非常龜毛，前前後後案子改了很多次，好不容易談成一個小專案，才登了一次，客戶就打了通電話過來，請周毅「立刻」過去一趟。

心知不妙的周毅到了客戶公司，果然挨了一頓罵。

「周先生，你們的印刷品質怎麼這麼爛啦！」客戶指著廣告的某一角。「你看看，我們廣告要的藍明明是清晨海水的藍，你們卻印成日落海水的藍，我怎麼跟老闆交代？」

周毅很努力地比對了一下原稿跟雜誌上的廣告，說真的，他實在分辨不出清晨海水跟日落海水的藍，到底是差在哪裡？

周毅很客氣地回答：「鄭小姐，在我看來清晨跟日落都是太陽光很微弱的情況，差距應該不大，讀者應該分辨不出來的！」

鄭小姐顯然有備而來，翻出一本Pantone色票出來：「什麼叫差距不大？你看看，我們要的是這一號的藍，你們印出來的卻是這一號，怎麼會一樣？」

她繼續指向Logo。「還有，我們的Logo是金屬色的，你們印出來一點金屬質感都沒有。」

周毅覺得很煩，他手上還有很多急件需要處理，他不想繼續在這種細節糾纏下去，趕緊說了聲：「我回去跟長官報告，看看怎麼處理比較好。」接著就逃離現場。

回到辦公室，周毅趕緊去找老沈，報告這個狀況。

「什麼叫做金屬質感的顏色？要不要把Logo燙金呀！」老沈對客戶的說法絲毫不買單。

「這家客戶是有名的奧客，不用理他們，還金屬質感咧！」老沈接著嚴肅地對周毅說：「你們是代表《贏家周刊》，遇到客戶不講理，你們要有能力維護贏家的權益，不要被客戶牽著鼻子走。」

面對老沈，周毅還是無計可施。

周毅的手機響了，又是鄭小姐打來了：「周先生，你幫我們爭取了沒有？老闆又在問我了啦，今天要給我一個答覆，不然後面的案子我們就不走了！」

『一邊是客戶，一邊是公司，左右都不是，為難了自己。』周毅此時覺得自己就像是個左右為難的豬頭。客戶丟了問題給他，他想把問題丟給長官，但長官卻把問題直接丟到垃圾桶裡，他的焦慮感慢慢升溫。

周毅正想回到座位的時候，瞥見林胖子正要進電梯，周毅三步併兩步進了電梯找林胖子，準備死馬當活馬醫。

「總監，要跟你報告一件事……。」周毅直接切入重點。

「我聽說了！這事情你去找沈副座處理就好啦！」林胖子打斷周毅，直接把球踢了出去，然後出了電梯，留下束手無策的周毅。

這時候小鳳姐正好經過，看到滿臉豬頭樣的周毅，關心地問：「小帥哥，怎麼啦？臉色這麼難看？」滿肚子苦水無處去的周毅，一股腦兒地將來龍去脈跟小鳳姐說，只見小鳳姐笑了笑：「這簡單，我偷偷教你一招！」講完之後，小鳳姐就離開了，周毅繼續留在電梯口，不安地等林胖子走回來。

差不多過了十幾分鐘，林胖子回來準備搭電梯下樓，看到周毅：「你怎麼還在？」周毅屏住呼吸，然後嘆了一口氣，接著說：「我想跟總監報告一下，剛剛那家客戶最近有一百萬的預算，本來想說可以爭取一下。」電梯門打開，周毅和林胖子走了進去。

「那就去爭取呀！」林胖子漫不經心地回應。

「我剛剛打電話過去，他們已經決定獨家跟生意人合作了，所以這家客戶我們會漏稿，想跟總監先說一聲。」電梯門再度打開，周毅走了出去。

「等一下！」林胖子叫住了周毅。「他們跟生意人的案子何時要走？」

「聽說是下個月吧！」小鳳姐說得沒錯，在這個時刻扛出敵人的招牌果然有用。「總監我跟你報告過囉，下個月萬一漏稿就不要怪我。」

林胖子陷入沉思：「客戶想怎麼樣？」

周毅打蛇隨棍上：「客戶沒有明說啦，只說看我們如何補救這個案子，處理得好，就能跟我們繼續合作了。」周毅也沒說謊，這個案子沒有處理好，到手的廣告的確有被抽稿的風險。

林胖子想了一下，社難當頭，他也承受不住任何漏稿的風險，於是他開口了：「你去跟他們說，就幫他們再補登一次，但下個月的專案你要負責談進來。」

「沒問題！」周毅暗暗叫了聲好險！還好這家客戶剩下三次廣告委刊單，沒有七早八早交出去。回到辦公桌，老沈正在講電話，應該是林胖子打來交代補刊登的事情，周毅做好心理準備，免不了又要被老沈刮一頓。

「周毅，你過來。」果然老沈找上門了。「我不是跟你說這個客戶不要理他了，你去跟總監講什麼？」周毅裝出最無辜的臉，小聲地說：「總監剛問我是什麼狀況，我就老實跟總監報告。」

「你去跟客戶說，要補登可以，我要看到他們新的委刊單，長期合作客戶我們才會補償。」老沈盯著周毅。「不然的話就免談，贏家也不差他們一家客戶。」

「我知道，我現在就去找他們。」周毅回到位子上後，拿了公事包就離開辦公室，裝成要去處理這件事。當然了，他其實是跟小茜約了在外面喝杯咖啡而已。

「你好壞喔，怎麼可以這樣？」小茜聽完周毅的遭遇，哈哈大笑。

「我也不想呀，這樣爾虞我詐很累好不好。」周毅有氣無力地回答。「這是小鳳姐教我的。」

「她對你真好耶，果然是異性相吸呀！」小茜吐了吐舌頭。

「小鳳姐對妳不好嗎？」周毅好奇地問。

「也不是不好啦，她就有點情緒化，好的時候很好，心情不好的時候我們就要小心。」

「我們應該換組的，我老闆一定會喜歡妳。」周毅稍微笑了一下。

「對了！聽說最近公司擴大徵人，下個月會進來一大批新人耶！」小茜忽然換了個話題。

雖然即將晉身升為學長，但周毅卻沒什麼興奮的感覺，他滿腦子只想先處理完這件鳥事。

電話又響了，又是客戶鄭小姐。

「周先生，談得怎麼樣了，快下班了耶！」鄭小姐問。

雖然林胖子已經批准了，但周毅知道白紙黑字出來之前，一切都不算數，所以他只是淡淡地回：「鄭小姐，老闆正在開會，我要晚一點才能告訴妳答案，有消息我一定第一時間通知妳。」然後，他就掛斷電話。周毅回到辦公室，馬上拿著一張委刊單去找老沈。「怎麼樣？」老沈挑了挑眉。

「客戶又簽一期了，這樣可以補登嗎？」周毅一手送上委刊單，一手把補登的公文送上。

老沈看了看委刊單，然後就把公文給簽了。「總算搞定了！」周毅的心中的大石頭才算放了下來。為了這個案子，今天什麼事都沒處理到，明明是很簡單的狀況，非得搞得這麼複雜，周毅一肚子大便。他趕緊拿著公文去找雄哥，所有廣告刊登最後都需要他簽可，周毅心想雄哥跟他滿好的，等雄哥蓋了章，狀況就宣告解除了。

「為什麼要補登？」意外地，雄哥有意見。

周毅只好將來龍去脈再跟雄哥說一次。

「這客戶分明就是沒事找事，怎麼可以讓他得逞？不行！」雄哥居然「雄起」了，直接斷然拒絕。「可是客戶後面還有稿子，這樣會有影響……。」見狀況不對，周毅趕緊搬出對付林胖子的那一套。

「那又怎麼樣？公司有公司補登的規定。」雄哥似乎心情不太好，沒好氣地回答。

「總監都已經准了……。」周毅小聲地說，但這一句可激怒了雄哥。

「林胖子准了又怎麼？廣告刊登是我負責的，我說不准就不准，不用再說了！」雄哥揮一揮手，把公文直接丟回給周毅。

想到辛苦了一整天，來來回回溝通了這麼久，最後還是沒搞定。這時候的周毅，不僅覺得委屈，更多的情緒是憤怒，面對內外交迫的壓力下，他爆發了。

「幹！不登就不登，有什麼了不起！」周毅大吼了一聲，所有人的目光都看了過來。既然事情砸鍋了，周毅索性拿起公文就往外面一丟，順勢用力地踢了旁邊的書櫃一腳。這還不夠！他看了書櫃上面滿滿的《贏家周刊》，越想越氣，狠狠地把櫃上的《贏家周刊》全部劈里啪啦地往地下掃，然後快步離開辦公室，只留下滿臉錯愕的同事，當然還有雄哥。

周毅走出辦公室，不知道要去哪裡，只是漫無目的地亂走，晃到了公園坐了下來，公園今天少了玩滑板的學生，但多了不少老人在樹蔭旁下棋，他試圖穩定心神，讓自己處於放空的狀態。此時電話響了。他看了一眼，是雄哥的專線，不接；幾分鐘後電話又響，是老沈的專線，不接；然後林胖子、孟文陸續打了電話過來，中間還穿插了一通鄭小姐的來電，但周毅誰的電話都不想接。

他受夠這一切了！

然後，一個特別的來電鈴聲響起，周毅不看也知道是小茜打電話過來了，他想了一下，將電話接了起來。

「你沒事吧？聽說你剛剛大發飆，你老闆正在找你耶！」小茜關心地問。

「幹！妳去幫我跟他講，老子明天就提辭呈！」周毅的心中還是有怨氣。

「哎喲，沒那麼嚴重啦！不要想太多，你先進辦公室再說。」

「不要，我沒事啦，妳先忙妳的。」講完他就把電話掛了。

這一天，周毅再也沒進辦公室。現在他只想好好睡一覺，其他的事情都他媽的去死。

隔天一早，周毅特別提早到辦公室，準備看看事情的發展，就算要打包，早點來收也好。

林胖子一看到周毅，馬上把他叫進辦公室。**『等一下你要是再靠背，老子就把你的書桌也踢爛。』**周毅心裡如此打算著。

結果林胖子竟然好聲好氣的。

「你那個客戶補登的案子沒問題了，我已經跟雄主任溝通過了。」林胖子笑著說。

周毅沒說話。

「年輕人，以後有什麼事好好說，不要這麼衝動，雄主任也是為了公司好。」周毅還是沒說話，既然事情圓滿落幕，這時候還是無聲勝有聲吧。離開林胖子辦公室，周毅想了一下，決定上樓找雄哥。

「雄哥，昨天太衝動了，對不起……。」周毅看著被踢爛的書櫃，覺得自己腳力還真不錯。

「算了啦！沒事就好，你昨天沒跟我講清楚，我誤會你了。」雄哥拍拍周毅的肩膀。「都是自己兄弟嘛，一定挺你的呀！」

『最好是啦！』周毅心想，但他還是跟雄哥又道了歉。

「以後有事情好好講，不要這麼衝動。」同樣的臺詞，又從雄哥口中再講一遍。

『好好講？好好講你們會聽嗎？』周毅在心中冷笑了一下。

他忽然想起學長曾經說的一句話：「面對神經病，最好的方式就是當面給他一個耳光。」

但周毅只覺得自己也快變成神經病了。

27 似曾相識

自從上次那一踹以後，周毅覺得《贏家周刊》再沒人找他麻煩了，前輩不再隨便叫他跑腿，跟周毅講話也變得客客氣氣。雯雯講得最貼切：「原來小毅也是有脾氣的呀！」

至於那個被周毅一腳踹爛的書櫃，則是隨著周毅的回憶一起留在《贏家周刊》舊辦公室，《贏家周刊》正式搬回集團辦公大樓內。對於這個待了一年多的地方，周毅談不上有什麼特別的感情；來到了嶄新的環境，周毅也談不上有什麼期待。

從「地方搬回中央」，隨便都會撞到一堆高官——什麼集團執行長、事業群執行長、總管理處副總經理，原本在贏家作威作福的三寶與副總，在這裡也只能淪為小跟班，心情最為複雜。為了展現新氣象，三寶也下令大舉招募新人，所以搬到新辦公室的這天，《贏家周刊》一共來了近二十個新人，陣容非常浩大。

周毅想起自己一年多前，也是這樣懵懵懂懂加入賣贏的行列，看著這群眼神疑懼的新人，在《贏家周刊》不知所措的樣子，周毅覺得一切都是如此似曾相識。

按照《贏家周刊》的傳統，這群新人自然被遺棄在一旁讓他們自生自滅，他想起吳大哥曾經告訴他的話：「新人就是老人的敵人，難道要指望老人教會新人，然後讓新人回頭砍老人嗎？」「新人來來去去，今天記了你的名字，難保你下週就適應不良離開了，我又何必在乎你是誰呢？」

曾經對於前輩冷酷行徑相當不解的周毅，此時此刻也成了菜鳥眼中的冷酷前輩。當然幾個老人的賭盤還是照開，大家都在猜，二十個新人過了半年，誰會留下？誰又能夠加入贏家俱樂部？

周毅注意到這群新人裡面，有一位女生特別顯眼突出。她總是穿著一襲緊身洋裝，但腳上卻蹬著一雙十分不搭的高筒球鞋；臉上的妝化得零零落落，完全沒有技巧可言，像是隨便拿了廉價顏料往自己臉上抹的感覺。周毅後來得知，她叫黃心慈。

周毅會特別注意到她，倒不全然是因為她緊身洋裝下堪稱壯觀的上圍，而是相較於其他人的不知所措，這位小姑娘雖然打扮怪異，但舉止卻是全然沒有新人剛來的生澀，拜拜完的貢品大家都是客客氣氣地拿一點回座位，但她卻拿個環保袋，裝了一堆拿回座位。而且這小姑娘盡問一些無腦的問題。

例如某一天，她先是跑到正在忙的花花姐斜後方，看著花花姐打電腦，然後忽然沒頭沒腦地問了一句：「大姐妳好忙喔，妳在忙什麼？」把正在打電腦的花花姐嚇了一跳，花花姐臉色很難看地回了句：「小妹妹，妳嚇到我了！」

又有一次，她又蹦蹦跳跳，跑到剛掛上電話的南哥身邊，忽然冒出一句話來：「我好無聊喔，都不知道要幹嘛？」南哥瞄了她一眼，看得出不是很高興，淡淡地回：「小姑娘，妳這樣很沒有禮貌喔！」

她彷彿沒聽出南哥話中隱藏的不爽，就這樣蹦蹦跳跳跑走了，留下莫名其妙的南哥。

在《贏家周刊》中，捋完南哥虎鬚還能全身而退的人不多，這位小姑娘算是讓周毅開了眼界。

一個星期後，三寶忽然下了指示，破天荒要求每位「老人」要認養一個新人，以便讓新人盡快進入狀況。倒不是因為三寶良心發現，覺得新人很可憐，而是因為一次進來一大票新人，而這些不知道該幹嘛的菜鳥就只好成群結隊在辦公室閒晃，造成不少遊民問題。用南哥的話來說，就是「社會觀感不好」。

因為觀感問題，這一梯新人意外得到關愛的眼神，說來真是諷刺！

於是，在業務會議上，林胖子要大家認養新人，當新人的「小天使」。這種苦差事自然沒有人要幹，於是林胖子只好使出古人的智慧結晶：以「抽籤」來決定新人的分配。

周毅很快地搶了一張籤，翻開一看，正是周毅心中最不想要的人選——黃心慈。

南哥看到周毅的籤，哈哈大笑了起來：「哎喲，是籤王喔！」然後用雙手在胸前上下畫了個圓弧，其他人也跟了笑了起來。

帶著百般無奈，周毅只好跟這位小黃姑娘打交道。「心慈，我叫周毅，今天開始我就是妳在《贏家周刊》的……小老師。」小天使這個名詞，周毅講不出來。

「周毅？你的名字好土喔！」這是小黃跟周毅說的第一句話，從此之後，周毅更確定這人是個白目。

這天下午，周毅正準備前往客戶的記者會幫忙捧個場，百般無聊的小黃湊上前來：「小毅哥，你要出門喔？要去哪裡呀？」小黃眨著眼睛說。

「我要去記者會！」周毅很想趕快擺脫這個白目。

「我好無聊喔！帶我去帶我去！」這句話小黃講得超大聲的，正好林胖子從旁邊走過去。

「小毅，你就帶心慈去記者會見見世面吧！」林胖子交代周毅。就這樣，周毅不情不願地帶著小黃出發了。

「小毅哥，我們去記者會要幹嘛？」在計程車上，小黃又發問了。

「我跟客戶有事情要談。」周毅簡短地回答，準備閉目養神。

「你跟客戶要談什麼？」小黃繼續追問。

周毅這次沒接話，心裡想的是：『為什麼可以有人白目成這個樣子？』

到了記者會現場，周毅很快地跟小黃說：「妳先找個位子坐下來，我去找客戶談事情，等一下再回來找妳。」然後不給小黃回應的機會，快速走開。

周毅很快地找到了客戶，簡短地跟客戶說上幾句話，《生意人周刊》的業務佳佳也湊上前來加入。雖然贏家跟生意人是競爭對手，但兩邊的業務偶爾會有來往，會互相交流一些情報。

等到客戶走了之後，佳佳探頭過來，用手指向後方：「那個人你認識嗎？」

周毅順著她的手指看了過去，只看到小黃站在記者會的餐點區，手上的盤子裝了滿滿一盤點心，嘴巴還在恣意咀嚼著，完全沒個吃相。

「認識……」周毅嘆了一口氣。「她是我的小主人。」然後跟佳佳解釋緣由。

佳佳笑著說：「你的小主人看起來很餓！」

周毅覺得很丟臉，好死不死小黃看到周毅正在看她，端著一整盤食物就朝他的方向走來。誰知道走沒兩步，只見她重心不穩，一個踉蹌就直接跌坐在地上，整盤食物也撒了一地。

佳佳看了笑得很開心，但周毅只覺得很想死：『**到底是誰應徵她進來的呀？**』

從此以後，周毅每要出門拜訪客戶之前一定先看一下小黃的方位，然後趁她不注意時趕緊溜掉，他實在不想再讓自己陷入窘境之中了。

這天周毅正偷偷摸摸準備離開辦公室，正好遇到小黃迎面走來。「小毅哥，你又要出去啦？我跟你去。」

周毅正想拒絕，只見林胖子又走了過來，沒等林胖子開口，周毅就很自覺地說：「妳趕快上去收拾東西，我等妳。」再一次，周毅被迫帶著小黃去拜訪翁副理。

翁副理看到小黃，問周毅：「這位是？」順手給了小黃一張名片。

周毅還來不及說話，小黃就搶答了：「我是他的小主人。」

周毅沒好氣地看著小黃，心想：『這傢伙真的是有病！』沒理會她，周毅跟翁副理自顧自地聊起新一季的廣宣計畫。

而小黃似乎得了某種一安靜就渾身會癢的病。當周毅與翁副理兩人很嚴肅地在檢討前幾個月的廣宣效果，只見小黃在旁邊不停地抓耳撓腮，活像是有跳蚤在身上一樣。

突然，她像是被針扎到一樣倏地站了起來，看著翁副理大聲地說：「所以你到底要不要登廣告？」這個無厘頭舉動把周毅與翁副理都嚇傻了。

『這人腦袋裝的是大便嗎？』周毅又氣又無奈，他告訴自己下次絕對不要再帶小黃出門了，這簡直就像揹個炸彈在身上一樣。

回辦公室的路上，周毅冰著一張臉，完全不想跟小黃講話。小黃發現不對勁，這才怯生生地問：「小毅哥，我剛剛是不是說錯話了？」

『妳終於發現了啊！』周毅心裡雖然這麼想，但他只是婉轉地說：「心慈，妳出門是代表《贏家周刊》，言行舉止都要特別留意。」

「我只是想要趕快把廣告帶進來而已。」小黃回答得有些委屈。

周毅看著如同洩氣皮球縮在一旁的小黃，不免心生同情，也不禁好奇，這位看起來什麼都不懂的小姑娘，怎麼會跑來當業務？

每一個業務的背後，或多或少都有著自己的故事。於是，周毅選擇放下對小黃的成見，告訴她幾個做業務的心法，希望自己多少能幫到她。

只是隔天，周毅接到客戶翁副理打來的電話。

「小毅，昨天那個黃小姐打電話過來，說以後廣告業務跟她接洽，是這樣嗎？」聽到這句話，周毅又愣住了。他斬釘截鐵地告訴翁副理沒有這種事，然後走向他的小主人興師問罪。

「心慈，妳怎麼會打電話給翁副理，說以後妳負責他們的廣告？」周毅的語氣非常不高興，他有被捅一刀的感覺。

「啊！你昨天帶我去拜訪客戶，我以為那個客戶是要給我呀？」小黃再度恢復她天真無邪的語氣。

「那是我的客戶，我只是帶妳去了解怎麼拜訪客戶而已，客戶是要自己去開發的。」周毅直截了當地說。

「那我要怎麼開發新客戶？」小黃接著問。

「這妳要去問副座。」周毅直接把球踢了出去，然後一字一句地說：「還有，不能搶我的客戶。」講完周毅掉頭就走。

講出這句話之後，周毅開始理解為什麼前輩不跟新人說話，為什麼要對新人這麼不假辭色，為什麼一接到客戶電話，就會急著警告菜鳥別輕舉妄動。曾經，周毅也是個夾縫中求生存的菜鳥；而如今，周毅已成了捍衛自己一畝三分地的老鳥。就在不知不覺中，周毅已經慢慢被《贏家周刊》給同化了。現在的自己，已變成了過去自己眼中所討厭的那個人了。

但他選擇不再多想。他只是拿起了電話打給翁副理，再度重申自己的主權。

28 業務評量系統

在《贏家周刊》一年多，大多數的日子裡，周毅都在追著業績跑。許多原本無法量化的東西，在《贏家周刊》都被簡化成為數字，在這裡，數字就是一切。也因此，他慢慢發展出一套評量系統。

每次拜訪陌生客戶時，從進門的那一秒起，這套評量系統就會自動開啟。舉凡辦公室的所在位置、門面是否氣派、辦公室是否夠大、裝潢是否富麗堂皇、員工有幾人等種種變因，都納入這套評量系統的計算中，從而推算出這家客戶大概有多少預算。

這套系統經過上百次的運作，精確率已經越來越高。現在的他只要進了大門，大概十秒內就可以算出某公司最多只能登全頁的廣告，而且只有一期；而某某公司則可能登跨頁，而且有潛力長期配合。

每個業務的時間有限，在追業績的日子裡，他慢慢學到把寶貴的時間用在業務潛力最大的客戶上；就算是小客戶，他多半也會試著說服他們加一點錢登大廣告，美其名是加強品牌形象，實際上只不過是提高客戶產值的一種話術而已。

今天一早，趁著小黃纏著老沈問一些蠢問題，周毅準備出門的時候，桌上的分機響了。

「小毅，有個客戶打電話說要登廣告，很急。」電話那頭是總機的聲音。

「怎麼對我這麼好？」周毅笑著回答，有時總機會接到類似的電話，這時就要看誰跟總機的交情夠好，才有機會接到天上掉下來的禮物。

「小潘說他沒空，就轉給你啦！」總機倒是回答得挺老實。

周毅很快抄下客戶電話，打了個電話確認地址後，他馬上跟對方約定下午見面。

循著客戶給的地址到了現場之後，周毅心裡暗叫不妙，這家客戶的辦公室隱身在巷弄內，看起來就是一間家庭式的小公司。

按照評量系統的計算，這種規模的公司別說二分之一頁了，恐怕連低消的三分之一頁都不可能登得起，《贏家周刊》的廣告價格對這種公司來說太高了。

周毅有點懊惱，覺得自己下午的時間可能就要浪費了，他本想打個電話給客戶改約下次，然後回去把客戶轉給小黃裝一下好心。但不知為什麼，周毅心想既然來了，還是進去看看好了，反正也沒有別的行程了。

走進這家公司，不出周毅所料，原本住宅的空間，只用隔板畫出幾個辦公座位，是一家不到十人的小公司。

周毅向客戶揮揮手，彷彿是安慰自己既來之則安之，然後上前報了姓名。

接著來了一位非常客氣的中年人，姓陳，是這裡的老闆。他趕緊拉了張鐵椅子，招呼周毅坐下，又東翻西翻，拿出一包茶葉準備泡茶。

「快別麻煩了！」周毅只想趕快離開。

「不麻煩！難得有貴客上門，《贏家周刊》一直是我每個星期都要拜讀的雜誌呀！」老闆雖然世面見得不多，但非常真誠。

「您以前登過廣告嗎？」周毅試探地問。

「我們公司小本經營，從來沒有登過廣告。」老闆邊說邊忙著用熱水溫壺。

「那您最近怎麼會想要登廣告呢？」周毅繼續追問。

「唉！最近生意不太好做，老婆說是不是應該試著做點行銷，看看是否會有些新客戶上門……」老闆有點不好意思地說。

周毅在心裡嘆了一口氣，他很清楚對中小企業來說，廣告在這個年代幾乎是沒有什麼用處的，更何況這種小公司說倒就倒，周毅承接了他們的廣告，講難聽點還得承擔客戶倒帳的風險。

在《贏家周刊》，如果有客戶倒帳，風險全由業務自行承擔。

周毅繼續問：「您打算花多少預算登廣告呢？」

老闆很認真地想了一下，然後小聲地說：「我可以先知道貴刊的廣告價格嗎？」

周毅從CERRUTI公事包裡掏出《贏家周刊》的廣告價目表，默默地遞給了這位陳老闆。

不出所料，老闆看了廣告價目表的價錢，就倒吸了一口氣。

周毅體貼地說：「其實我比較建議您登《生意人周刊》，他們的價位會比我們低。」周毅已經做好起身離開的準備了。

沒想到這位老闆想了一下，竟然說：「但我很喜歡看贏家，如果要登廣告，我一定會選贏家。」

周毅看著老闆，他很清楚這位老闆現在需要的不是廣告，贏家的廣告花費對他們來說，是一筆龐大的負擔，他不知道該用什麼方法表達這一點，又不至於傷了陳老闆的自尊。

『就算買賣不成，最起碼不要讓陳老闆傷心。』對於認真的人，周毅還是有點同理心的。

「陳老闆，廣告刊登的效果必須要長期累積的，但這筆費用會非常龐大，我個人並不認為登一次廣告，會對你們有任何明顯的幫助。」周毅盡量用婉轉的方式表達。

只見陳老闆低下了頭，好一會兒才擠出幾句話：「唉，不登廣告我也不知道該怎麼辦才好。生意都做了十幾年了，也不知道最近怎麼會變得這麼糟，一群員工跟了我這麼久，我又狠不下心裁員……。」陳老闆聲音越講越低。

上天的安排有時候總是讓人不解。在周毅的經驗裡，很多討人厭的客戶，事業上都非常成功；但不少像陳老闆這種苦幹實幹的殷實人，卻往往身陷泥沼當中。看到陳老闆的處境，周毅有點不忍。

忽然之間，周毅想起雄哥曾經說的：「別忘了夢想與良心！」對這份工作，周毅已經談不上夢想，良心雖然已經越埋越深，但還好並沒有消失。

周毅決定幫陳老闆一把！

「陳老闆，您真的確定要登廣告嗎？」周毅看著陳老闆的眼睛，開口問。「您如果確定的話，我來幫您想想辦法好了。」

「這怎麼好意思？」陳老闆擺了擺手，像是還不確定要不要花這筆錢。

「別這麼客氣，我可以試著幫您包裝一個案子，不用花多少錢，看看能不能夠幫到您。」周毅接著把自己的想法告訴陳老闆。

「這樣應該要不少錢吧？」陳老闆還是有點猶豫。

「不用，幾萬元就夠了。」周毅指著廣告價目表的三分之一頁價錢。「讓我對公司有交代就好。」

陳老闆想了一下，像是下定決心放手一搏：「好！就這麼做了！」

「不過我們刊登廣告要先預付帳款喔！」事實上，《贏家周刊》的廣告都是刊登後九十日內才付款即可，但周毅還是幫自己買了一個保險。

「沒問題！」陳老闆轉頭吩咐出納簽發支票。

回到辦公室以後，周毅根據陳老闆的公司型錄，試著寫了一篇消息稿，然後轉給林胖子簽核，準備登在雜誌的活動快訊上。

「這有沒有廣告呀？」林胖子質疑道，因為活動快訊篇幅有限，通常只放廣告預算最多的客戶消息。

「這家客戶目前先登三分之一頁，但他們過幾個月會有新產品，我目前正在跟他們談後續的專案。」周毅畫了一個大餅給林胖子，對老闆最有用的話術就是先給一塊大餅。

當然，大餅的可信度源自於業務的信用度，不過以目前周毅的實力，林胖子自然相信他的判斷。

然後周毅也將這篇新聞稿，轉給他認識的同業們，希望他們可以幫忙在自己媒體上代發。

「這有沒有廣告呀？」每個同業自然也有他們自己的評量系統。

「這是我開發的新客戶，最近有機會在你們那邊下廣告，先幫個忙，有好處不會忘記你的啦！」破解評量系統的最佳答案，就是誘之以利，這點不管對內對外都管用。

周毅還自己花錢，請美編設計了一個廣告稿，他知道陳老闆也許不會知道，但他卻真心地希望陳老闆的這一小筆廣告預算，能夠或多或少起一點作用，哪怕只有一點點都好。

等到周毅撒出去的網陸續收回來之後，周毅將報樣、雜誌整理好，一起帶過去給陳老闆。

「狀況好嗎？」周毅開口問。

「還不錯，有幾通電話打來問產品。」陳老闆還是很客氣，不過臉上多了點笑容。

「你記得把這些消息影印下來，寄給你的老客戶，看看有沒有用。」周毅又教了陳老闆幾招。「我只能幫到你這邊了。」

「周先生您太客氣了，你已經幫我們很多了。」陳老闆看了一眼雜誌廣告。「這廣告設計得真不錯，老婆妳來看看！」

周毅很清楚，或許陳老闆這時候需要的只是信心，他很高興自己能在旁邊幫上一把。

按照周毅的評量系統，做陳老闆這個案子真是徹頭徹尾的虧本。業績不多、做了一堆白工就算了，他還對同業與林胖子壓上自己的信用。

但當周毅看著陳老闆和太太一邊看著廣告一邊有說有笑時，他只覺得在《贏家周刊》一年多以來，沒有哪個時刻比現在更美好的。

『這一切很值得！』周毅不斷在心裡這麼告訴自己。

在他的內心深處，做這個案子不僅僅是幫助陳老闆，也是幫了他自己。最起碼他知道自己還沒有喪失做好事的能力，還有那顆越埋越深的良心。

忽然間，周毅的電話響了，又是那位討人厭的鄭小姐。

「周先生，我們公司有夠倒楣的啦，被那個什麼BSA[3]抓到用盜版軟體，現在要登雜誌道歉，還指定一定要登你們家啦！」鄭小姐氣急敗壞地說，但周毅只覺得他們「死好」！

3　BSA為商業軟體聯盟，創立於一九八八年，於亞洲、北美洲、歐洲和南美洲等六十多個國家設有分支機構，是宣導使用正版軟體之重要組織，並對使用盜版軟體之企業提出告訴與求償。

「這樣子呀，你們什麼時候要登？」周毅微笑著問，上次的事還讓周毅餘怒未消，這下真是地獄無門，不請自來了。

「下個禮拜之前要登出來，你幫我想想辦法，看看有沒有便宜的版面啦！」鄭小姐口氣很急。

『對付王八蛋就要用王八蛋的方式。』周毅的評量系統再度啟動了。

「不好意思耶，我們現在只剩下焦點新聞跟專欄作家旁邊的位置了。」周毅說的都是很貴的版面。「妳今天如果不決定，我怕很快就沒有版面了。」

我只是希望偶爾你會想到我，留一點點時間給我。

沒想到，對你來說這已經變成了一場戰爭了。這樣下去，我們在一起還有什麼意義？

等到我哭了，你才放軟語氣，要我等你一下，等你工作穩定一點就能多陪我。

我反問你，有這樣的一天嗎？什麼時候才叫穩定？

你答不出來。

晚上我就不要你送了，自己一個人回家。反正這些日子我都是一個人，習慣了。

我不會再吵你，也不會再對抗你。就讓你去做你想做的事情，去加你的班，寫你的企畫案。

還好明天放假，現在眼睛好腫⋯⋯。

她的私密日記 7

Fri Apr 4 20:46:59

作者｜ Blue（小小藍）

看板｜ Blue

標題｜ [愛情]生日

明明就是我生日，我真的不懂你發什麼脾氣！

知道你工作忙，平常盡量不煩你了，今天就不能讓我一下嗎？

我只是想你帶我出去走走而已，這樣很難嗎？

每次要找你出去，你不是說工作很累，不然就是要寫企畫書。

你很忙，難道我就不忙嗎？

今年到現在，我們到底約會了幾次？去了哪裡？一隻手都算得出來！

我已經覺得夠委屈了，沒想到你竟然比我還火，說我無理取鬧！

我只是希望這幾天你可以陪陪我，這樣很過分嗎？

那些該死的企畫案就真的那麼重要嗎？我真的不懂！

沒想到你居然會說：「我不能同時間跟全世界打仗，下班還要對抗妳！」

很好！什麼時候陪我變成這麼大的負擔了？

你知不知道這句話讓我好傷心，我沒有要跟你吵架，我只是想跟你出去走走而已。

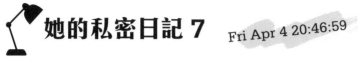

29 女人不是弱者

人家說女人不是弱者，小茜常常覺得這句話用在《贏家周刊》格外真實。應該說，《贏家周刊》的女孩子大多數都是相當強悍的，畢竟要在一個競爭激烈又充斥一堆色老頭的地方生存，不強悍絕對會被吃得死死的，這是小茜從小鳳姐身上學到的。

小茜對小鳳姐一直又愛又怕，雖說大部分時間她就像大姐頭一樣，很照顧營廣組另外三位金釵；但只要小鳳姐的情緒上來，往往會不分青紅皂白發脾氣，更可怕的是，小鳳姐罵起人來簡直就是精神虐待，話裡不帶髒字卻讓人羞愧地想要馬上切腹。別說林平和管不動她，李尚勇不敢惹她，連幾個高層也只敢好聲好氣地安撫，當真是「一婦當關，萬夫莫敵」，大家私下都叫小鳳姐「地下主任」。

但偏偏這個地下主任，卻鍾情於那個沒用的正牌主任林平和，在一次喝酒的場合中，小鳳姐略帶酒意向小茜吐露了這個祕密，沒有戲劇性地一把鼻涕一把眼淚，口氣平穩就像是在說別人的故事似的。

這個祕密雯雯也聽過，兩個人都覺得小鳳姐這個舉動，不過是在宣示主權罷了，雖然這個主權也名不正言不順，但小鳳姐太清楚林平和的個性，她只能用這種方式阻止林平和繼續吃窩邊草，這也是沒辦法的辦法了。

成功男人的背後都有個偉大的女人，但成功女人的背後往往都有一段支離破碎的愛情。小茜一直很好奇，年過三十的小鳳姐，明明條件這麼好，有什麼理由要守著一段沒有未來的關係，跟著一個這麼沒用的男人？

不過大部分時間裡，小鳳姐把脆弱隱藏得很好，外人只會看到小鳳姐強悍的一面，不僅讓外人不敢越營廣組雷池一步，也讓小茜、雯雯這些年輕美眉對林平和保持距離。

小茜聽小毅說，最近從地方業務中心調上來一位新的女主管，大家叫她真真姐，理著一頭俐落的短髮，講話很快很急。她原本是地方中心主管閻王底下的頭號大將，這次北上就是為了在臺北成立新的小組，據說肩負著整頓人事的任務，老沈組上部分業務也被調派過去，小潘就是其中一員。

真真姐一到臺北，就狠狠地幫該小組成員上了一堂震撼教育。據小潘會後轉述，她先把大家給狠狠地罵了一頓，然後宣示她的目標：「要在三個月內成為臺北地區業績最高的組別。」接著訂下了一大堆規定，包括嚴格稽核每天的工作日誌，每天下班前都要開會報告業務狀況等等。

小潘苦著一張臉抱怨說：「這娘兒們是雄性荷爾蒙分泌旺盛嗎？比男主管還精實是怎樣！」

小茜直覺真真姐活像小鳳姐的翻版。

嚴格歸嚴格，但真真姐對於組上同仁還是非常照顧，每遇到客戶衝突時，像林胖子、老沈這些男性主管多半都要業務自己去協調，把責任往外推；但如果是真真姐的組員遇到客戶衝突，她總會親自出馬，找對方主管（通常都是林胖子）溝通。被挖走一大塊勢力範圍的林胖子，面對強勢的真真姐完全是兵敗如山倒，只能拱手一塊塊讓出自己的地盤。就連最會搶客戶的李尚勇經理，碰到真真姐也要吃癟了。

一次偶然的機會，小茜就親眼見過真真姐單挑李尚勇的壯舉。

「勇哥，聽說你們組員去接觸我家小潘的客戶？」真真姐單刀直入。

「有嗎？我沒聽說這件事呀。」李尚勇再度使出他那一百零一招：裝迷糊。

「這就是你們家組員跟客戶提的企畫案，你看看！」白紙黑字，連名字都大大印在簡報首頁，真真姐有幾分證據說幾分話。

「這應該是副總交辦的任務啦，我不記得了！」李尚勇繼續使出他那一百零二招：推給長官。「我問過副總了，他說沒有這件事，你不能這樣欺負我們孤兒寡母啦！」真真姐也不是省油的燈，李尚勇還來不及使出他那套「客戶都是公司的」一百零三招，真真姐沒給他說話的機會，繼續出招。「這家客戶還在三個月保障期內，你不能帶頭做不良示範呀！」真真姐放緩說話速度，卻字字見血。「而且我看了你們家的企畫案，這價格根本就是破壞行情，你這樣反而造成公司損失，我看副總是不會同意的。」

同樣的劇情，前一次是南哥差點跟李尚勇幹起架來，但主角換上真真姐後，只見李尚勇只能訕訕地笑，無話可說。

這場「論客戶到底歸誰」的主權之戰，最終由花木蘭大獲全勝，連逞兇鬥狠無往不利的首席嘴砲王李尚勇，面對真真姐的逆襲都只能摸摸鼻子回家吃自己。

如果說《贏家周刊》裡面都是一堆老狐狸，那麼披著羊皮的女狼，殺傷力顯然比老狐狸大得多。

此外，小茜也隱隱發現，周毅的小主人：小黃，也有潛力成為下一匹神祕的女狼。

自從周毅上次警告過小黃之後，小黃就再也沒有來煩過周毅，每天神神祕祕在座位上打電話，過沒幾天就陸續看到有前輩跑去找她。

「妳怎麼打電話給我的客戶？」通常都是這個問題開頭。

「怎麼會這樣？客戶沒跟我說您在服務了耶！」小黃通常都是這麼回答。

「那我現在跟妳說，這家客戶妳不要再打電話去了，那是我的客戶！」前輩通常會這麼回應。

「可是這家客戶好像已經超過三個月沒登廣告了耶……。」小黃還是眨著眼睛，無辜地說。

「而且客戶也沒說您在服務，您應該很久沒跑了吧……。」通常到這裡，前輩會被堵得說不出話來，因為小黃說的也是事實。

少數難纏的前輩，會繼續警告小黃，但小黃總是這麼回答：「我問過總監了，總監說這家客戶我可以跑……。」不然就是「我跟他們總經理很熟耶，您只是認識窗口而已吧……。」
話講到這樣，那已經沒什麼好商量的，大家好自為之。某些前輩們如吳大哥，到後來只能去跟周毅抱怨：「喂！你也管好你們家小主人吧，別讓她拿著刀亂砍一通呀！」
而周毅也總是無奈地回答：「別提了，我都被自己的小主人砍一刀了！」
小西原本也以為小黃只是少根筋，但還算單純的女孩子；但聽小毅這麼一提，她發現這個女孩子似乎沒那麼簡單。
這一天，小茜跑到開發組找周毅，正巧小黃又揮刀傷人了。這一次的對象是南哥。南哥本來就對小黃沒什麼好感，李尚勇跑去接觸南哥的客戶，南哥都會拍桌理論了，更何況是區區一個菜鳥。
小茜跟周毅兩人正在講話，就見到南哥講完電話後，直接大喊了一聲：「黃心慈！妳過來，我有事問妳。」兩人的視線同時往小黃身上看了過去。
小黃也沒在怕的樣子，眼睛呼溜呼溜轉得走過來：「南哥，怎麼了？」
「我問妳，妳是不是打電話給我客戶？」
「有嗎？哪一家？」
「不用裝蒜，客戶都跟我說了。」
「客戶沒跟我說有人服務耶！」小黃繼續裝無辜。
「這家客戶妳不准跑了。」

「為什麼？」

「那是我的客戶！」

「這家客戶三個月沒有登啦！我正在跟他們提案。」

「妳不准去提案！」

「為什麼？」

看得出來南哥花了很大的功夫忍住怒意，跟小黃開始一來一往的對白，沒想到這小妮子口齒倒是挺伶俐，講到後來，南哥失去最後的一絲耐心，接著小黃又補上一句「南哥，你客戶掌握度太差了」，澈底解開南哥憤怒的封印。

只見南哥大手往桌上一拍：「他媽的！少跟我唧唧歪歪！叫妳不要跑就不要跑！哪來那麼多廢話？」

辦公室一片靜默，大家還是在做自己的事，但一如往常，大家的耳朵都豎到最直，南哥教訓小黃，相信不少前輩應該偷偷拍手叫好，小茜與周毅兩人則在猜小黃該怎麼辦？

小黃的回應很簡單，只聽她先安靜了幾秒鐘，然後平地驟然發出「哇」的一聲雷。她哭了，而且是淚流滿面的大哭。

這下好了！南哥成為把女孩子惹哭的千古罪人了！

林胖子先走了過來：「阿南，有什麼事好好講，幹嘛這樣大小聲？」

跟南哥恩怨未了的李尚勇跟著放了一把火：「南哥哥，你別欺負人家小女孩呀，難看啦！」

只見小黃邊哭邊說：「我只是想幫公司多帶一點業績進來而已，客戶也沒說南哥在服務，我這樣錯了嗎？」然後又是一把鼻涕一把眼淚的。

南哥鐵著一張臉，一副便祕的樣子，兩人一看就知道南哥滿肚子大便無處放。林胖子一邊安慰小黃，一邊說：「阿南，別跟小姑娘計較了，這個客戶給心慈吧！」末了還補了一句：「就當是幫幫新人啦！」

小黃這傢伙竟然還補一刀：「總監沒關係啦！南哥這麼生氣，客戶就還他啦！我再開發新的，真的沒關係啦……。」

南哥此時真是騎狼難下了！

不過到底是南哥，他想都沒想就開口了：「這個客戶就算了，不過心慈，我先說好沒有下次了！如果每個新人都像妳這樣，公司的規矩是擺好看的嗎？大家都來亂搶一通算了。」林胖子在一旁跟著打圓場，事情就這樣四四六六算了。

這場「老人到底該不該照顧新人」的主權之戰，最終還是由花木蘭大獲全勝，《贏家周刊》最驍勇善戰的斯巴達戰士，最終也落了個人財兩失的局面。

看著破涕為笑的小黃，小茜跟周毅迅速交換了一下眼神，兩人都覺得不太舒服。

而女性的直覺告訴小茜，這個小黃以後也會是一個不好惹的女人。

30 套利

最近的《贏家周刊》，可說是動盪不安。大環境仍舊沒有起色，外有強敵環伺，內部客戶衝突事件也層出不窮。正逢年底要結算年度業績，長官們業績追得緊，所以每個業務的神經都緊繃到最高點。

吳大哥偶爾還是會找周毅出去喝咖啡，對於進公司第一位照顧自己的前輩，周毅還是敬愛有加，如果狀況允許，周毅還是會跟吳大哥出去偷個閒。

但最近幾次周毅跟吳大哥喝咖啡，吳大哥的抱怨也跟著變本加厲了，一下子說長官不公平，一下子說小黃又拿刀砍他的客戶，一下子又抱怨周毅不夠意思，聽得他煩不勝煩。

周毅很清楚，吳大哥只是把他當作垃圾桶，偶爾發洩一下情緒。但問題是：周毅也是泥菩薩過江，他的情緒也不好，尤其每次聽到吳大哥這些負面的抱怨，都讓周毅的心情更低落。

幾次下來，周毅開始閃躲吳大哥的邀約。比較起來，周毅寧願跟南哥去喝酒，最起碼周毅不用承受南哥的負面情緒，在周毅的眼中，吳大哥越變越偏執了。

有一次周毅再度拒絕吳大哥的邀約，跑去跟南哥喝了幾杯，回到辦公室，周毅一身酒氣正好被吳大哥撞見。

從這一天起，吳大哥就再也沒找過周毅。

這個星期一，就在慘烈的業務會議即將接近尾聲的時候，老沈忽然想起了一件事情：「再過幾個禮拜就是尾牙了，今年總管理處執行長會參加我們的尾牙，總經理希望抽獎可以風光一些，大家可以開始去談尾牙贊助了。」

話一講完，只見幾個老前輩開始哭天搶地，周毅完全就是狀況外的樣子。周毅偷偷移到花花姐身邊，開口問：「老闆說什麼呀？」

花花姐嘆了一口氣：「你去年沒有被通知要去跟客戶要贊助嗎？」

『要贊助？贊助什麼？』周毅越聽越是一頭霧水！

花花姐接著說：「我們的尾牙贈品呀！抽獎不是需要獎品嗎？你又不是不知道我們公司很小氣，怎麼可能花錢買贈品，於是就叫我們去跟客戶說，請他們贊助尾牙贈品。」接著又咕噥了一句：「而且贊助不算在業績裡面……。」

「什麼東西呀？我怎麼不知道這件事？」周毅有點傻眼了。

「去年你還是菜鳥，沒叫你們去化緣啦。」南哥轉過頭來接著補充。「就是叫你去跟你的客戶說，請贊助我們尾牙贈品，到年底再搶他們一次啦！」

原來，《贏家周刊》的尾牙贈品，大部分都是來自於客戶贊助。由於有些客戶整年度都沒有在贏家刊登廣告，於是不知道哪個英明的老闆忽然福至心靈，想到用廣告交換的方式，拿廣告版面去跟客戶換贈品回來，再拿來當作尾牙贈品。

由於這完全就是空手套白狼的買空賣空，實在是一門多贏（公司、業務、客戶都沒有輸）的無本生意，相當符合《贏家周刊》的風格。自此以後，每逢尾牙前，長官們一定會臉不紅氣不喘地提醒大家別忘了向客戶化緣。

雖然說化回來的貢品都拿來當作尾牙的贈品，但因為廣告交換不算業績，又沒有佣金可賺，所以很多業務不願意做這種事，萬一被逼急了，只好去找很少登廣告的客戶下手。

但你聰明別人也不是傻瓜，客戶自然不會把最新的產品拿出來交換，多半都是以庫存貨來換廣告。

於是，《贏家周刊》每年的尾牙獎品，就會充斥著一堆烤箱、規格快被淘汰的筆電、DVD播放器，有時候甚至出現像是白米、靈芝、優酪乳、紅酒果凍等奇怪的東西。

當然偶爾也有出狀況的時候！

有一年不知道哪個天兵，竟然異想天開跑去跟興隆換了一卡車的「興隆春」回來。

興隆春何許物？農藥也！然後不知道哪一個天將竟然看也沒看也就簽准了。

當一卡車的興隆春載到周刊樓下時，副總正巧經過，問清楚了來龍去脈之後，副總當場氣得破口大罵：「操他媽的！誰給我換農藥回來？是要我們尾牙全部服毒自盡是吧！」

據說公司在那年尾牙前，就把那位天兵給炒了，以後的尾牙交換全部都要簽給副總核准。

老沈最後還補充，希望今年大家可以換一些筆記型電腦回來，因為總經理的兒子要出國了。

周毅不太懂總經理兒子要出國跟廣告交換有什麼關係，但他忽然想到自己有家交情還不錯的客戶，正是筆電的代理商，只不過它們從來沒有登過廣告。

想到自己口袋裡面馬上就有名單，周毅也不禁有點得意，回到座位他馬上打了個電話給客戶。

說來也巧，客戶手上剛好有一批庫存的筆記型電腦，對方很快就答應了，想到第一次化緣就這麼上手，周毅自己也很意外。

這一天，客戶將五臺筆電快遞到公司，周毅趕緊將筆電拿到老沈辦公室準備邀功，老沈難得很高興的樣子。只是他看了一下外包裝，上面寫著VAIQ，老沈有點疑惑。

「VAIQ是哪一家的筆電呀？」老沈準備拆開外包裝。

「應該是二線品牌吧！」周毅隨便糊弄一個答案，他當然不會說這家代理商專賣山寨牌筆電。

「原來如此，好。」老沈轉頭拿了一份文件給周毅。「你沒有自己的公司吧？把這張表格填一填。」

『自己的公司？什麼意思？』周毅看了一眼表格，是尾牙廣告交換單。老沈接著貼心地提醒：「交換數量那邊，記得寫四臺筆電。然後給周毅一個「你應該懂我意思」的眼神。

周毅懂了！『怪不得老沈說希望大家交換筆電，原來三寶連廣告交換的東西都要抽稅，準備拿廣告交換的筆電給他兒子帶出國。』總經理果然不愧三寶的名號。

不過想通之後，周毅忽然又有點擔心，本來以為筆電是要拿來當作尾牙贈品的，現在總經理要拿一臺VAIQ的筆電回家，萬一被識破是山寨怎麼辦？

周毅走到茶水間倒水，正好南哥也在。

「聽說你交換筆電回來啦？」南哥又在飲水機裡面洗杯子了。

「對呀，」周毅壓低聲音說。「不過是山寨筆電，萬一總經理發現怎麼辦？」周毅接著把過程跟南哥說。

「叫你換筆電，又沒叫你換知名品牌的筆電，不用理他們啦！」南哥不屑地說。「你自己有沒有留一臺？」

「沒有，我怎麼敢？」

「下次記得留一臺給自己，廣告交換不算業績，也沒有獎金，沒有好處幹嘛去化緣？」

周毅忽然想起一件事，接著問：「南哥，副主任問我有沒有自己的公司，這是什麼意思？」

「你還沒有自己的公司？」南哥有點驚訝，他喝了口水，接著把事情的原委告訴周毅。

因為業務的年薪普遍較高，為了要節稅，大部分《贏家周刊》的老業務，都有自己的公司，贏家將所有的獎金直接撥到個人公司的戶頭，方便業務進行節稅，很多行業的業務或是藝人，都是用類似的方法節稅的。

「像是廣告交換，一般都是用我們自己的公司去跟客戶做交易，所以老沈才會問你有沒有自己的公司。」

「好複雜，這樣就需要開公司喔？」周毅有聽有沒有懂的樣子。

「你太嫩了啦！」南哥神祕地笑了，壓低音量說。「開公司的好處可多了咧！」

南哥接著舉例，有些老業務會去跟客戶廣告交換一大堆東西回來，透過管道把這些東西拿到市場上銷售，然後回過頭來用優惠價刊登廣告，中間的利差就完全由業務自己吞掉。

甚至有些業務會利用廣告優惠價的機會，用自己的公司先把版面搶下來，然後用原價轉賣給客戶，從中間賺取差價，內外兩頭賺。

「不然你以為我們光靠公司獎金夠用嗎？」南哥轉頭又倒了一杯水。

「公司允許這樣的事情發生喔？」周毅咋舌。

「別說我們了啦！從總經理往下，每個長官都有自己的公司，職位越高，公司越多，錢就這樣從公司口袋轉到自己口袋，有錢大家賺呀。」南哥一副理所當然的樣子。

「不過也有壞處啦！有自己公司的業務只要當月業績做不到，長官就會要你先用自己公司開委刊單出來，之後你再拿下個月的廣告來抵銷。」南哥繼續說。「不然你以為我們這麼神，每個月業績都做得到喔，享權利就要盡義務。」

周毅原本以為自己已經很進入狀況了，但《贏家周刊》卻總是藏著更多的祕密，時間越久，祕密也跟著一點一滴洩漏出來。

「萬一下個月業績還是不好呢？」周毅問。

「那就再拿下下個月的業績來抵呀，《贏家周刊》的業績很多都是預支的啦，之前就有老業務記帳太多，最後跑路了！」南哥嘆了一口氣。「所以你沒有自己公司，可能也不是壞事啦！」

南哥跟周毅兩人慢慢踱步回辦公室，正當周毅還在思考南哥剛剛一席話的時候，南哥忽然沒頭沒腦地問周毅：「想不想來營廣組，跟小茜一起？」

周毅回過神來：「營廣組？什麼意思？」不過南哥只是挑了挑眉，沒再多說什麼。

過了幾天，三寶忽然把周毅叫了上去，這時候蒙主恩召絕對不是什麼好事情。

「小毅呀！我兒子說沒聽過ＶＡＩＱ耶，這是什麼牌子的電腦呀？」果然三寶問了。

「報告總經理，這是一家日系大廠的副品牌。」還好上來之前周毅就料到三寶要問他什麼，趕緊送上客戶的ＤＭ。「除了Logo不一樣，其他規格、功能都一樣。」

三寶看著ＤＭ，似懂非懂的樣子，揮揮手跟周毅說沒事了！

周毅現在只希望總經理的兒子帶著ＶＡＩＱ的電腦，趕快滾遠一點，並且告訴自己，下次別再做「廣告交換」這種蠢事了。

31 大地震

不知道為什麼，身為地方業務中心的主管，閻王最近老是出現在臺北辦公室裡面。每次在電梯裡面遇到閻王，周毅總是很客氣地跟閻王打招呼，大部分時間閻王總是面無表情、理都不理揚長而去，只有一次閻王總算開口問了一句：「你就是周毅？」算是跟周毅打過招呼。

要在叢林裡生存，有時候需要仰賴直覺。周毅的直覺告訴自己，似乎有種不尋常的味道，他不知道是什麼事情，但他就是覺得怪怪的。周毅相信有這種感覺的人，也絕對不只他一個人。

有時候，真的得相信直覺是很準的。

這一年的最後一天，公告欄上貼出最新的人事派令，大夥湊在一起看這張派令，誰也沒有說話。人事令很長，但大夥的眼睛不約而同都盯向一行字：「地方業務中心副總監嚴治國升任總監，兼管臺北業務中心。」

也就是說，《贏家周刊》廣告部三把手、周毅的頂頭大老闆就這樣換人了。那麼林胖子呢？「調任《贏家周刊》新業務開發中心」。人事派令上面這麼寫著。跟隨著林胖子的腳步，營廣組主任林平和也同樣調往這個部門。

新業務開發中心是什麼單位？沒有人知道！林胖子看來滿平靜的，似乎早就知道這些安排；但林平和顯然是狀況外，據說聽到自己被調往這個新部門，反應是震驚，然後面如土色。

從林平和的反應看來，這顯然不是什麼重要部門。

那麼，誰接林平和的位子呢？「張浩南升任營廣組副主任」。一夕之間，南哥升官了，而真真姐也升任成為開發組主任，兩人和閻王都成為這次人事大地震的贏家。

『怪不得南哥問我要不要到營廣組，南哥的手腳真是快！』周毅心想。

閻王的手腳更快，當天早上十一點，他就召集臺北業務中心所有同仁開會，三寶、副總、林胖子一票主管也到了，在會中，三寶並沒有多說什麼，先是感謝了林胖子和林平和的貢獻，因為「另有他用」所以調往新成立的部門，只見林胖子依然很平靜，林平和則試圖擠出微笑，只不過笑得比哭還難看就是了；小茜看了一眼小鳳姐，自己的地下情人被調走了，小鳳姐卻看不出有什麼情緒。

輪到閻王講話了，過去地方業務中心跟臺北分屬不同主管，兩邊隱約分庭抗禮，現在兩者歸於一統都在閻王的麾下，閻王成了廣告部不折不扣的三把手了。

閻王一開口，還是感謝林胖子把臺北業務中心帶領得這麼好，然後話鋒一轉，談到之後會有的一些改變，包括嚴格稽核每天的工作日誌，每天下班前都要開會報告業務狀況，目標是希望半年內將廣告業績提升二〇％。

『這不是聽小潘轉述真真姐調往臺北第一次會議的規定嗎？』這些字眼周毅覺得好熟悉。周毅再一想最近的一些調動，原來這一切早就有跡可循，只是自己沒有留心而已。

散會的時候，除了幾個新人不知死活還在聊天之外，大多數的老人都沒有說話，他們知道接下來將會有大變動。而在這場無聲無息的變動中，絕大多數人都沒有發言權，他們只是棋盤上的棋子而已。

周毅看到南哥，白了他一眼：「恭喜張副座高升！」南哥只是笑了笑，回了一個曖昧的眼神。

回到座位，小茜的Line訊息很快就來。

「欸，竟然換老闆了，好意外。」

「反正妳也不喜歡妳的舊老闆，算是好事吧！」

「只是從來沒有想過南哥會當我的老闆，不知道算不算好事？」

周毅忽然想起之前員工旅遊的那一幕。

「應該不會太差吧？我比較擔心我們的新老闆……。」周毅這麼回答。

「南哥說下午帶我們去唱歌，一起來？」

「好呀，反正下午沒行程，放鬆一下也好。」

為了這場慶功宴，南哥特別訂了一個超大的包廂，周毅進去一看，固定班底都到了，只見被四大金釵圍繞著的南哥和Natural High的雄哥拚命勸酒，失意陣線聯盟的成員包括林胖子、林平和則跟老沈悶悶地坐在角落。

不知道為什麼，周毅坐到失意陣線聯盟這邊來。

「時代不一樣了……。」老沈先嘆了一口氣。

「有什麼不一樣？不就鐵打的營房流水的官。」林胖子平靜地說。

「他媽的楊三寶，平常跟前跟後，幫他處理這麼多鳥事，現在這樣搞我？幹！」林平和依然忿忿不平。

林胖子看了周毅一眼，拿起酒杯說：「別在小朋友面前說這個，大家喝一杯……。」

然後南哥湊了過來：「喝酒沒我的分？來來來，再來一杯！」

林平和「哼」地一聲：「張副主任高升了，哪看得上我們這些屆退官兵？」

「哎哎哎，講這什麼話？我只是幫你先代管呀！」南哥轉頭喊四大金釵過來。「來來來，跟妳們的老長官喝一杯。」

除了小鳳姐沒動作，三大金釵拿著酒杯過來，又是「主任謝謝你」，又是「主任我們會想念你」的，周毅忽然覺得這一切的氣氛讓他有點作噁。

他拿起酒杯走向雄哥：「雄哥，上次的事情很不好意思，這杯敬你。」

雄哥一把將周毅攬了過來：「三八兄弟，哪來那麼多廢話？喝啦！」

喝完這杯酒，雄哥忽然嘆了一口氣：「以後都是你們年輕人的天下啦！」然後自己又倒了一杯酒。「我老了，說不定很快公司就要我退休了。」

周毅忽然想起今年幫雄哥慶生時，雄哥痛哭失聲的場面，他趕緊倒了杯酒敬雄哥：「主任別想這麼多啦，我們還是需要你的呀！」

然後，KTV的包廂門打開了，副總、淑芬主任依序走進來，不過這一次不同的是，後面還跟著閻王。第一次看到頂頭上司出現在這裡，周毅有點不安，趕快往角落站。

「張浩南，升官第一天就帶組員跑來喝酒，你找死呀！」副總開玩笑先吼了一聲。

南哥堆滿笑上前，嘴巴還說：「多虧副總提拔。」閻王則走向失意陣線聯盟這桌，自己倒了一杯酒：「以後還要各位多多幫忙，我先乾為敬。」

周毅在旁邊看著林胖子，他的臉色依然平靜，彷彿什麼事都沒有發生一樣。

周毅並不喜歡林胖子，他討厭林胖子的不作為，遇到事情他就把球往外踢，但跟其他長官比起來，林胖子起碼算是正直，他沒有自己的公司，不中飽私囊，也不亂搞男女關係。尤其他在這一刻的平靜，也贏得了周毅的尊敬。

周毅正想得出神的時候，林胖子喊了周毅一聲：「小毅，趕快過來跟你未來的長官敬酒呀！」

周毅連忙拿著酒杯過去：「長官，我是周毅，應該是這裡面最菜的菜鳥。」這句話竟然把閻王逗得笑了起來。

「我聽過你，聽說你是很優秀的新人。」閻王淺淺笑了一下。「不過上班老是出來喝酒不是好事情喔！」一句話回得周毅有點尷尬。

不知道為什麼，周毅有種感覺，閻王雖然不在臺北，卻好像知道很多事情，喜怒不形於色更讓閻王有種天威難測的感覺。

小茜忽然湊了上來，開口問周毅：「小潘怎麼沒來？」

「自從他調到真真姐那組以後，被盯得很緊，可能在跑客戶吧？」

「你會不會覺得小潘最近跟雯雯怪怪的？」

周毅眼光不自覺瞄到雯雯身上，此刻的她坐在南哥的身邊，跟南哥正在嬉鬧。

「是喔，我沒發覺耶！」周毅試圖輕描淡寫地說。

小茜的眼光則看向小鳳姐，原本一個人默默坐在一旁的她，還是走到林平和的身邊，兩人交頭接耳交談著。

剛唱完歌的雄哥，一屁股坐到周毅這裡來，周毅看著眼前一幕又一幕的酒酣耳熱，他突然問了雄哥一句話：「主任，還記得你告訴過我，不要失去自己的夢想。我想知道，你現在還相信這句話嗎？」

聽完周毅的問題，他好一會兒都沒有答腔，只見他又倒了一杯酒，然後跟周毅碰了一下酒杯，輕輕地說：「新年快樂！」

32 雄哥的尾牙

在《贏家周刊》中，能讓周毅打從心裡尊敬的長官很少，雄哥就是一個。這不僅是因為雄哥給了周毅一把進入《贏家周刊》的鑰匙，也不是因為雄哥曾對周毅說過的話。在周毅眼中，雄哥是所有長官中少數有風骨的前輩。

雄哥曾說，自他畢業後就進入贏家集團服務，贏家可說是他這輩子第一份，也是唯一的工作。一萬多天前，當集團要創辦《贏家周刊》時，雄哥是最早一批離開當時正紅的母公司，轉調到剛起步的《贏家周刊》成員之一，員工編號個位數的數字，說明了雄哥在這家公司的分量。

記得當時，母公司正如日中天紅得發火，很少人會想要離開這個舒適圈，去面對一個未知的未來。如果沒有一點Guts的人，是不會做這個決定的。

從這個角度來看，雄哥的確算是有Guts的。打天下當然是辛苦的，但在那個經濟起飛的年代，只要你夠努力，奇蹟也很容易發生。

當時剛畢業的雄哥，年輕氣盛，聰明又努力，做了不少大案子。沒幾年，新公司已經發展得頗具規模，而雄哥也很快被拔擢為《贏家周刊》的主任，成為新公司的要角。

一萬多天後的現在，雄哥每次提及那一段美好的時光依然是眉飛色舞，嘴巴總會掛著「當時是我說了算！」「一年三百六十五天，每天飯局都排得滿滿的。」「某某董事長當時都是我的兄弟。」聽得一票新人羨慕不已，每每感嘆自己生錯了年代。

雄哥至今最常講的一句話，就是連現在的三寶總經理，都是當時他應徵進來的。「而且我本來還不想用他的。」作為當時最年輕的主任，雄哥在這家公司的前途可說是一片看好。

但很遺憾的，「主任」也是雄哥在這家公司最後的職銜。

雄哥在贏家的一萬多天裡，並未如課長島耕作[4]一樣步步高升，而是在主任這一關就停住了，而且一停就二十多年。而當時雄哥應徵進來的三寶，在隨後沒幾年的時間，就趕上雄哥的進度，就此平步青雲一路幹到總經理；就連晚雄哥十幾年資歷的人，也一個個陸續跟雄哥平起平坐。

4　日本漫畫家弘兼憲史所創造出來的漫畫人物，內容敘述島耕作自早稻田大學畢業後進入「初芝電產株式會社」，自課長一職一路晉升至社長。系列漫畫包括《課長島耕作》、《部長島耕作》、《主任島耕作》及《社長島耕作》等。

「萬年主任」，從此成為雄哥擺脫不了的暱稱。

那感覺就好像時間一直往前走，但雄哥的指針卻停在二十多年前榮升主任的那一天，就再也沒轉過了。看著自己的同期，以及雄哥口中的小老弟，一個個超越自己，少年得志大不幸這句話，在雄哥身上竟應驗得如此殘酷。

很多業務都知道，雄哥其實是個面惡心善的好人，而且特別喜歡照顧新人。雖然嘴巴念呀念的，但能幫忙的地方都會拉一把，對自己人尤其好。

記得每次颱風天要值班，雄哥會叫他的組員待在家裡不用來，然後自己搭車冒著風雨跑到辦公室來，有什麼福利或權益，他也盡可能幫組員爭取。不管從哪個角度看，雄哥都是個不折不扣的好人，如果要在《贏家周刊》評選最受歡迎的長官，他肯定是人氣最高的那一位。

除了做人成功之外，雄哥做事也不含糊，他常常能夠提出一些獨到的見解，而且也會默默去做一些別人不願意做，但對公司有幫助的事情。舉例來說，雄哥喜歡看書，看到有不錯的點子，就會在會議上提出來讓大家參考；他會主動去蒐集市場上競爭對手的資料，然後提供給大家當作參考；或是他會將現有的工作流程拆解，然後嘗試找出更好的方式。

這些小細節，都是短期看不出效益，但長期來說對公司都有正面成效。對雄哥來說，只要是對的事，他二話不說帶著兩把刀就幹了。

「夢想跟良心」是雄哥的口頭禪，不只周毅，每個後輩幾乎都聽過他苦口婆心這麼說。雖然大多數人不見得聽得進去，但他自己卻一直把這兩點放在心上，當作做人處世的準則。

只不過在現實社會中，主管的評選並不是一場人氣競賽，能做事更不會是往上爬的保證。周毅曾聽南哥說過，雄哥最大的問題，就是脾氣太硬不得長官緣。在公司裡沒有主子關愛的眼神，就算做了再多對的事情，在老闆的眼中都只是員工分內該做的。

在剛升主任的頭幾年，雄哥很積極地想要大展身手，只要是他認為不對的事情，他就會不給面子的悍然拒絕，總管理處的幾個長官據說早期都有被雄哥當面頂撞的經驗。久而久之，長官對雄哥的態度也越來越保留。

當舞臺上沒有其他競爭對手的時候，雄哥可以悶著頭一路往前衝，或許能就這樣跑到終點。但在人生的舞臺上，有幸演獨角戲的時間總是一閃即逝的。

雄哥當初可能沒有想到，在這個舞臺上，最後讓自己淘汰出局的對手，正是他應徵進來的三寶。

三寶是個非常工於心計的人，看起來笑咪咪的，骨子裡卻是那種會置人於死地的陰狠角色。三寶知道自己在公司的年資、輩分都不如雄哥，因此剛進來的那幾年，三寶花了很多功夫在老闆身上。

除了平常的噓寒問暖，三不五時送個小東西（如一斤幾萬元的冠軍茶）之外，還包括安排老闆打牌的地方，喝酒的地方，陪睡的女人……服務範圍涵蓋檯面上看得到的，與那些見不得光、不足為外人道的。

相較於雄哥的耿直，幾乎沒有腰桿可言的三寶顯然更懂得如何討長官的歡心。很快的，三寶也升為主任，成為與雄哥平起平坐的對手。

這時候，雄哥性格上的弱點也出現了：他心太軟了。

雄哥不是一個會踩著別人往上爬的人。當他與三寶的競爭達到白熱化的階段時，三寶狠得下心壓榨下屬交出成績，達不到目標的下屬，三寶也可以毫不猶豫地犧牲掉，那一套預支業績的做法，據說就是三寶當年率先實行的。

但雄哥卻總是想得太多而做得太少。面對三寶的步步進逼，他無法拒絕長官不合理的目標，卻又不願意加諸在下屬身上，達不到目標的人，雄哥也狠不下心處理。長久下來，兩人之間的績效差距也越來越明顯。對大老闆來說，當需要升一個人上來時，關係鐵，績效硬的三寶自然成為口袋人選。

沒多久，三寶正式超越雄哥，升上了副總監的位子，幾年之間，三寶的升遷速度如同搭直升機般，直線上升，最後終於坐上廣告部總經理的大位。

雄哥的升遷之路，也在這一刻畫下休止符。

面對宿敵，楊三寶自然不會手軟。當上總經理之後，三寶在很短的時間內將雄哥調離前線，轉調行政單位，理由很好聽：「希望借重雄哥在業務規畫上的專長。」但事實上就是架空，然後開始安插自己的人馬。

「西瓜偎大邊」，雄哥很快就成為組織裡的邊緣人，雖然他仍是主管，但誰都知道，他已是明日黃花。「老兵不死，只是逐漸凋零！」人生最悲慘的事情不是凋零，而是凋零發生在本該是大展身手的青壯年階段，所有的夢想在這一刻，全沒了。

其他被三寶幹掉的長官，有才幹又有企圖心的，一個個離開公司另謀高就。但雄哥或許是基於感情，或許是還懷抱希望，也或許是優柔寡斷，始終沒有離開。

雄哥在《贏家周刊》的青春，就這樣一點一滴燃燒掉了！

幾年過去了，公司大勢底定，楊三寶的羽翼已豐，離開的長官們也有了全新的舞臺，但雄哥卻還在《贏家周刊》原地踏步。他的鬥志已經慢慢被消磨殆盡，就算這時想離開，四十好幾的年紀，出去還有誰要呢？

晚了，一切都晚了。

自此以後，雄哥或許是想開了，或許是認命了，或許是沒有其他選擇了，他安分地在贏家當他的萬年主任，有空時就喝點小酒，打打高爾夫球，跟新來的美眉打情罵俏，上班時間偶爾玩玩股票、看看書，甚至還學起了英文。

雖然在三寶的眼中，雄哥已經沒有威脅性了，但嘴巴上還是不放過他，私下常拿他當作「沒有企圖心」的案例。對此，雄哥也沒有任何情緒，到了這把年紀，只求能有份工作，夠養家餬口，其他別無所求。

今年雄哥生日的前一天，周毅等一群新人偷偷拉著雄哥去KTV慶生，當〈快樂鳥日子〉放出來，小茜跟雯雯端出蛋糕的那一刻。剎那間，雄哥竟然哭了，還哭得很慘，鼻涕與眼淚大爆發。

周毅一群人都傻了，精心安排的喜劇當場變成了悲劇，看著一位五十多歲的老大哥在面前哭泣，實在是很讓人心碎的事情。雄哥一把鼻涕一把眼淚哭著說：「只有你們，只有你們才是我的兄弟呀！」

大家都慌了手腳，不知該怎麼安慰他，只有知道來龍去脈的周毅，在雄哥的眼淚裡，看到的盡是委屈、不服氣，還有時不我予的遺憾。

電視字幕上這時正好打出「保佑你萬事如意萬年富貴，Happy Birthday……」。這首歌，最終還是沒唱完。

景氣越來越差，每年或多或少都傳出裁員的風聲，目標對象都指向年資久、薪水高，但貢獻度不高的前輩，可想而知，年資最久，又是內勤的雄哥，自然成為呼聲最高的箭靶。想要萬事如意，萬年富貴，平平穩穩安度下半輩子，竟然也成了遙不可及的奢求了。

如果是公務人員，超過二十五年的資歷都足以領終身俸了；已達退休年齡的雄哥，大可以率性地申請退休；但這一次，雄哥還是沒有動作。退休生活當然很棒，但雄哥並沒有預期它會來得這麼快，打從心裡他就不願意接受退休這個事實。

雄哥曾私下告訴周毅，他還年輕，退休後真要他每天在家看書、喝酒、打球，肯定會瘋掉。但周毅很清楚，早年因為工作打拚所以結婚生子晚的雄哥，現在一對兒女都還在念書，親子的羈絆才是雄哥放不下的最大關鍵。

「結婚要趁早，老來沒煩惱」，就是這句話洩漏了雄哥心裡最深的祕密。

三寶總經理曾口頭力挺過雄哥。在公司這幾年的優離優退方案下，雄哥也真的從火線下安然避開。讓雄哥相信這位踩著自己身體往上爬的對手，或許會基於某種補償心態，讓他在《贏家周刊》多待幾年。

但今年景氣實在太差了，總公司下令全面檢討薪資結構。據說閻王上任最主要的兩個目標，一是增加廣告部營收，另一個就是減少人事支出，後者的重要性更是遠高於前者。也就是說，廣告部將啟動新的優退方案。

而這件事情，心腸好的林胖子做不了，與臺北同仁沒有淵源、又使命必達的閻王成為不二人選。對閻王來說，雄哥不動，其他比雄哥資淺的人也就動不了。

這一次，閻王的大刀朝著雄哥直劈而來。

為了自保，三寶還是決定將雄哥送上斷頭臺了。

閻王幾次把雄哥找進他的辦公室，來來回回談了很久。最終提出了兩條路讓雄哥選：申請退休，公司加發十五％退休金；或是申請退休，然後以半薪回聘。

雄哥沒有第三個選擇，更沒有籌碼跟莊家對賭。最終，他選擇了第二個方案。

沒多久，消息傳了出去，雄哥看不出有什麼反應，碰到有人關心就說自己快要去享福了，大家也只好裝做沒看見他的不安。一如以往，雄哥還是認命地接受這一切的安排。

很快地，今年的尾牙又到了，這是雄哥在贏家的第二十九個尾牙，也或許是最後一個尾牙，周毅與小茜被指派為主持人。

當小茜請總經理上臺致詞時，可能是基於某種補償心態，總經理竟然意外地感謝了雄哥，還特別頒發了一個最佳貢獻獎的獎盃給雄哥。

下了臺以後，總經理甚至吆喝著要雄哥坐自己的主位，自己則往旁邊挪了一個位子。周毅跟小茜拚命起鬨，嚷嚷著：「雄總、雄總，坐下去、坐下去……。」

這個位子，不正是二十多年前與雄哥失之交臂，卻又夢寐以求的大位嗎？手拿著獎盃的雄哥表情很複雜，雖然看不出情緒，臉上的肌肉卻有點抽搐，沒人看得出這一刻雄哥在想什麼。

或許，雄哥想到自己剛進公司時，那個青澀但雄心勃勃的小伙子，滿心期待在工作上一展長才；或許是想到自己年紀輕輕，就從菜鳥晉升到主任的那一幕，多麼意氣風發。記得那一年，雄哥不過三十出頭，正是而立之年，大好的人生才剛開始……。

雄哥最終還是回到自己的位子，輕輕放下手上的感謝盃，周毅在臺上彷彿還看得到金邊閃閃的文字刻印著：「雄主任在本公司服務期間，忠勤任事，功績卓越，特頒此盃敬致謝忱。」

靜地往國父紀念館走。你忽然開口說：「眞的好累喔！」

我好想問你是工作累還是感情累。

最後我還是什麼都沒有說，只是回抱著你，然後不爭氣地流下幾滴淚。

但我想你並沒有發覺。你又說：「今天新年第一天，不講煞風景的事。」然後拉著我走到復興南路吃消夜。

或許是因為你肚子餓，你走得好快，我跟得好辛苦。

最後我實在受不了了，要你走慢一點。

你知道嗎？

有好多次，我都希望你走慢一點，拉著我一起走。

但我又總是擔心自己拖慢你的腳步，我只好逼自己跟上你的步伐，試著讓自己不要成為你的絆腳石。

這樣的心，你懂嗎？

瑪法達說最近是雲淡風清。

其實，雲淡風清也沒那麼糟啦！

是吧！是吧？

她的私密日記 8

Thu Jan 1 02:28:00

作者｜ Blue（小小藍）

看板｜ Blue

標題｜ [愛情]雲淡風輕

今天去看一〇一煙火，人眞的好多喔，差點不能呼吸了。

但因為沒什麼風，散不開的濃煙讓煙火蒙上了一層灰灰的陰影。

當第一發煙火向上飛舞的那一刻，你輕輕地在我耳邊說：「去年，對不起……」

一股酒味隨著你的話，飄呀飄地全被我聞在心裡。

我知道你下午又去應酬了，但我沒說什麼。今年的第一刻我不想破壞情緒，我不想苛責你。

上次大吵後，你說你會改變，會多留一些時間給我，我願意相信你，也試著調整我自己的心態。

雖然，我還是常常覺得你心不在焉；雖然，我還是會感覺到你心事重重。但你不想說，我就不多問。

或許愛情走到一個階段，就是這樣淡淡就好。

就像今天一〇一的煙火一樣，或許不燦爛，但我們還是有期待。

煙火散場時，你拉著我的手，不急著離開。所以我們就這樣靜

33 捐出來

今年的尾牙周毅很忙。

尾牙前一週，閻王就把周毅和小潘找了過去，直接開口下了命令，希望他們負責策畫一些表演節目，臺北的表演就由他倆全權負責。命令下得斬釘截鐵，絲毫沒有可以討價還價的空間。於是莫名其妙的，周毅和小潘成了尾牙表演的總指揮。

周毅心裡很清楚，真正重視員工的公司，尾牙表演該是大老闆上去娛樂員工才對，但以贏家這種上下階級分明的風格，尾牙表演就是老闆坐在臺下欣賞員工出洋相，而這任務只會落在菜鳥頭上。

但現在周毅完全沒有半點頭緒。他想找個人問，可是南哥升官了，跟自己又不同部門；吳大哥則是很久沒跟他講話了，周毅也不好意思拿這種事去煩他。

想來想去，周毅打了通電話給學長。

「學長，好久不見了，說好的飯局呢？」周毅決定先聲奪人。

「靠！無事不登三寶殿，一打來就要凹我！」學長的聲音聽起來總是那麼有活力。

「最近發生很多事想跟你說，不過先講緊急的啦！」周毅趕快把尾牙表演這件事跟學長說。

「不錯喔，還策畫尾牙表演咧！」學長揶揄地說。

「屁啦！這又不是什麼好差事！」周毅對學長的說法嗤之以鼻。

「你白痴喔，你以為尾牙表演給誰看？給員工嗎？拜託！當然是給長官看，一年到頭難得可以讓長官注意到你，這是好機會耶！」學長連珠砲講完。「更何況，你老闆不是要你找新人表演嗎？這是給你機會指揮新人耶！」

周毅倒是沒有想到這點，聽完學長的分析，他忽然覺得尾牙表演這件事情似乎有點意思。

「那要表演什麼呀？」周毅又問。

「一般都是表演跳舞比較多吧，看今年流行什麼就表演什麼，不是有那個什麼十六蹲嗎？」

「幹！那個老梗了啦，而且我又不會編舞，不行啦！」周毅直接否決這個提案。

「不然喔，就表演短劇怎麼樣？」學長又隨口給了一個建議。

「欸，這個好像不錯，學長謝謝你，我知道該怎麼弄了。」現在換周毅要掛電話了。

「等一下，我最近真的要找你吃飯，有事情要問你，何時有空？」

「少來了啦，吃飯講到現在也沒個影，再說啦！」

「我真的有事情要找你，我看就年後吧，我再打電話給你約時間。」講完這句話，學長還是搶先一步掛斷電話了。

周毅跑去問小潘打算表演什麼，小潘說應該會演短劇吧。這下糟了，連短劇也被捷足先登了。周毅坐回位子上，上線敲了小茜。

兩個人就在線上，你一言我一語大致把細節敲定。

搞定之後，周毅先徵得南哥的同意，徵調小茜來當主持人。接下來，周毅和小茜開始物色要選哪些新人。之前大規模招募的新人，一如傳統已經陸續陣亡，只剩下十個出頭，加上有一半要跟著小潘表演，周毅跟小茜的人選已經不多。

「要找小黃嗎？」小茜問。

「幹嘛不找？叫她來。」周毅有點見獵心喜的感覺。

「她會肯嗎？」小茜擔心地問。

「我有尚方寶劍在手，抗命者格殺勿論。」周毅回答得肯定。當然，周毅已經先請示過閻王了，所有新人都要參加表演。

表演是一回事，誰表演什麼又是另外一回事，現在周毅擺明準備拿著雞毛當令箭，擺小黃一道。周毅跟小茜把幾個新人找了過來，將任務與角色分配給他們，大多數的新人搞不清楚狀況，只能乖乖接受，最後只剩小黃一個。

周毅單刀赴會直接找上小黃。

「老闆要我策畫尾牙表演，妳也要參加表演，我們要演模仿秀。」

「我也要？那其他人呢？」

「都要，所有新人都要參加表演，老闆說的。」

「是喔！」小黃答得心不甘情不願。「那我要演誰？」

「妳比較簡單，妳演一個蚌殼，跳幾分鐘蚌殼舞。」

「為什麼？為什麼我要演蚌殼？我不要！」

周毅雙手一攤：「沒辦法，上次開會妳不在，所有角色都分配好了，只剩蚌殼。」

小黃抗議：「我不知道要開會呀！」

周毅聳聳肩：「那就沒辦法了，大家都知道就妳不知道，不然看看誰要跟妳換好了。」

其實，周毅是故意選小黃不在辦公室的時候開會，周毅還特別找了一個懂美工的新人，用鐵絲做了兩片蚌殼。

為了把蚌殼這個角色保留給小黃，周毅頗花了一些心思。

周毅準備鳴金收兵，忽然又回過頭來：「對了，明天下午我們要開會，妳再不來的話……。」嚇得小黃拚命點頭說一定到。

這一刻，周毅忽然覺得，手上拿著雞毛的感覺還真是挺不錯的。

到了這次會議，小黃到處找人交換蚌殼這個角色，但新人菜雖菜卻也不笨，沒有人要跟她換角色，小黃又不服氣了！

「為什麼頒獎典禮要有一個蚌殼？」小黃問得很合理。

「我們要用一段舞蹈開場，而這段舞蹈我們想要呈現『精誠所至，蚌殼為開』的精神，代表業務廣告開發的辛苦……。」周毅拿出預先準備好的臺詞。

「而且這段開場會有很喜感，我們想要製造一種衝突的美感。」小茜在旁邊幫腔。

「那你呢？你為什麼不演？」小黃還是相當不服氣。

「沒辦法，我跟小茜要當主持人。」周毅看著大家。「尾牙表演所有長官都在，而且列入年度考核，大家不要掉以輕心。」

這話明顯是講給小黃聽的。

於是，大家開始按表操課，小黃只能苦著一張臉，演一個苦情的蚌殼。

在周毅與小茜的精心安排下，一切都進行得井然有序，閻王更決定將當天的尾牙主持棒全交給兩人。

尾牙當天，除了雄哥的那段插曲，大體上進行得非常順利，兩人默契自然是好得沒話說，將抽獎與表演節目穿插得非常流暢。小潘策畫的短劇演得零零落落，地方中心的新人則是推出老梗的十六蹲舞蹈。

大多數的人在臺下只是自顧自地吃著難吃的冷盤，偶爾回過頭看看臺上又是哪個倒楣鬼表演，只有到了抽獎的時候，才會停下筷子，全神貫注地看著臺上，看看有沒有念到自己的名字，抽到廣告交換回來的爛獎品。

接下來，就是周毅跟小茜的精心設計的壓軸：頒獎典禮。

事實上，周毅跟小茜在頒獎典禮上頗為用心，模仿幾個公司很有特色的業務，並適時加入一些挖苦的梗。兩人還真的做了幾個獎盃，再邀請長官上來頒獎。幾個新人模仿得非常出色，把大家逗得哈哈大笑，表演非常成功。

想到自己可以合法挖苦這些人，周毅的心裡相當得意；當然，周毅還得感謝小黃扛著兩片蚌殼，在舞臺上心不甘情不願地跳著小茜指導的蚌殼舞。

『**敢搶我的客戶就要妳付出代價。**』這是周毅當時心裡給小黃的對白。

表演結束，觀眾報以熱烈的掌聲，周毅和小茜對看了一眼，算是鬆了一口氣。

接下來，只剩今晚最大獎的抽獎，活動就結束了。

說是最大獎，也不過是三萬元。

只見總經理上臺，從籤桶裡面拿出今年的幸運得主，周毅打開一看，是林平和。

當總經理念出名字的時候，林平和從座位上跳起來，正歡天喜地準備上臺領獎，只見閻王在位子上大喊了一聲：「捐出來啦！」

周毅忽然想起，去年尾牙的時候，閻王也惡搞了林平和一次，雖然他不知道閻王為何老是挑林平和當箭靶，但他心領神會，麥克風拿起來就說：「大家說林長官是不是應該要把它捐出來呀！」

小茜跟著補一刀：「不只要捐出來，還應該加碼才對。」

對於這位前長官，小茜顯然也沒有太多的好感。

於是周毅和小茜在臺上，領著大家喊：「加碼捐出來、加碼捐出來！」讓林平和的臉色從興高采烈轉為豬肝青，只見他上臺抓了麥克風，大聲地回應：「各位好朋友，小弟家裡還有妻兒要養，請大家體諒！」然後準備從總經理手上接過紅包。

小茜卻沒有打算放過林平和：「長官，這裡每個人都有家庭要養，你要表現一點作長官的Guts呀！」Guts這個字，小茜講得格外大聲。

「不行啦！我老婆說今年的第一個大獎一定不能捐出去，不然整年的運氣都會很背！」林平和還是不鬆口。

「哎呦！什麼時候林長官這麼聽老婆的話啦！」小茜一句話說得林平和臉色一陣青一陣紅。「而且我聽說，好運氣願意分享出去的話，才會帶來更多的好運氣呀！」

周毅瞄了小茜一眼，他有點意外林平和竟然臉皮這麼厚，更意外小茜竟然會對林平和窮追猛打。但小茜自己很清楚，自己只是利用機會幫小鳳姐出口氣罷了！

這下可好了，兩人就這樣在臺上你來我往，一個抵死不捐，一個是打死也要他捐，臺下觀眾的反應從哈哈大笑變成慢慢安靜，大家詭異地看著事態的發展，一場喜劇有變成鬧劇的趨勢。

這時候，始作俑者的閻王站了起來，向大家喊了一聲：「我幫林長官捐啦！」大家聽到這句話，頓時歡聲雷動，林平和鬆了一口氣，偷偷坐回自己的位子上。周毅趕快請總經理再抽出一個，打算快點結束這場歹戲拖棚的鬧劇。

但小茜顯然吃了秤陀鐵了心，繼續追殺林平和：「謝謝嚴總監的慷慨，林長官是不是該學習一下，大家說對不對呀？」小茜一說完，大家又跟著鼓譟，看來林平和平常的人緣真的很差。以為自已遠離火線，臉色才剛剛一緩的林平和，這下子神經又跟著緊繃起來了。

南哥不知道從哪裡跳出來，大喊一聲：「因為沒有人跟林長官撒嬌啦，找個正妹去坐林長官大腿啦！」

林平和還來不及喊出「不必了」，小茜馬上拉著小鳳姐，二話不說就朝林平和位子奔去，林平和反應很快，馬上起身往外跑，嘴巴還喊著：「有話好好說，不要動手動腳。」

營廣組其他金釵，沒有放過打落水狗的機會，馬上加入老鷹抓小雞的行列。這下子，又從鬧劇變成動作劇了。

只見林平和左支右絀不斷閃躲，嘴裡還不斷喊著：「我老婆會罵我啦！」大有奮戰到底絕不就範的決心，小鳳姐顯然也豁了出去，一把拉住林平和，好像要他給個交代似的。

最後還是總經理出手，拉了林平和一把：「好了好了，平和最近手頭緊，別為難他了，我們謝謝兩位主持人精采的表現。」

聽到總經理這麼說，事情自然就這麼不了了之，林平和很小氣，但幫他解圍的總經理顯然也大方不到哪裡去，周毅本來以為三寶會幫林平和捐出來的。

周毅跟小茜剛回到座位上，大家都拿著酒杯向他們敬酒，說他們郎才女貌主持得很棒，閻王還特地走過來這一桌，跟兩人喝了一杯，還對周毅豎了下大拇指。

坐下之後，不明就裡的周毅看了一下小茜，開口問：「妳怎麼了？」

一口氣沒出完的小茜沒答腔，拿起一杯酒就喝乾，然後撂下一句：「我只是幫小鳳姐出口氣而已。」

周毅聽完卻是一頭霧水，他沒有多問，只是默默地坐在一旁，輕輕對小茜說：「別喝太多了！」

小茜看著眼前這個關心她的男人，腦中想起小鳳姐與林平和的糾葛，她覺得心裡很亂，她決定不理會周毅的關心，繼續為自己倒了一杯酒。

34 寂寞公路

尾牙結束後，緊接著要過年了。

正常來說，這應該是難得可以輕鬆的日子，因為大多數的客戶都在培養休假情緒，企業也沒什麼大型行銷案，大多數業務在心態上會稍微放鬆一些；但今年閻王新官上任，要求大家要趕快確定年後的業務規畫，三把火把大家燒得人仰馬翻怨聲載道。

在閻王的字典裡，顯然沒有「放假」兩個字，以前《贏家周刊》的業績是每週結算的，現在每天都得追進度，不過贏家的業務個個都是精力旺盛。所以對於這位新長官，多數的臺北同仁雖然幹在心裡口難開，但也沒有很大反彈。

因為在《贏家周刊》，賺錢是上下共通的語言，長官最喜歡把「業績」二字掛在嘴邊，因為有業績也就意味著業務可以賺到錢，長官每次交辦任務下來，就要補一句「這是給你們賺錢的機會」。達成業績也就成了業務們責無旁貸的目標，甚至是唯一的目標。

問題是這裡的業績是每週結算的（閻王來了之後變成每天結算），就算你這一週過關，下一週很快就來；你這個月業績很高，不表示你下個月也會業績長紅。當結算業績的那一刻，數字就歸零，一切從頭開始。

周毅常常覺得，《贏家周刊》的業務跟驢子沒兩樣，業績就是胡蘿蔔，老闆用長竹竿吊著胡蘿蔔，放到驢子的前方，驢子只得死命地追著胡蘿蔔跑，但驢子卻永遠也吃不到。沒人察覺胡蘿蔔其實只是海市蜃樓而已，就算賺到錢你也根本沒有時間花。

事實上也是如此。在《贏家周刊》待得下來的業務，薪水的確比很多上班族都高，但周毅卻逐漸發現一個事實，或許是被制約了，或許是放不下，或許是這群人真的就是愛賺錢，《贏家周刊》從業務到長官似乎都沒有個人生活可言，真的就是這樣全心全意地追趕業績。

舉例來說，這裡的業務除了例假日之外，幾乎不休年假的。按照勞基法規定，這裡大部分業務的年資每年都有十四天年假，少數幹了二十年以上的長官，算一算一年可以放將近一個月的假。即使像周毅這一梯在《贏家周刊》滿一年了，今年也有七天年假。

但奇怪的是，年底人事部貼出未休年假的報表，不少人都是一天年假未休，大家就這樣平白無故地看著自己的假期跟著歸零，公司也不會補貼現金，好像真的都不需要休息一樣。或許在這群驢子們的心中，哪一天真把竹竿上的胡蘿蔔咬下來，牠們可能還真的不知道該怎麼辦才好。

今年過年，小潘打算多休幾天年假出去玩，事實上，周毅自己也打算請年假帶女友出去走走。當小潘興高采烈拿著假單請直屬長官真真姐批示的時候，卻見真真姐盯著小潘問：「你這個月業績做到了嗎？」

「有！我到今天就已經做到這個月的目標了。」小潘答得自信。

「這個月做到又怎樣？你下個月的業績呢？」真真姐接著問。

「幾個提案都在進行，應該沒問題……。」小潘的聲音小了一些。

「請假要幹嘛？春節還放不夠嗎？」真真姐繼續追問。

「我……我……想要出去散散心。」小潘的聲音又小了些。

「散心？過太爽了是不是？我都沒有放假了你請假去散心？你最好保證你下個月業績沒有問題。」真真姐低頭簽了假單，邊簽又邊問：「要去哪裡散心？」

「可能去花蓮臺東吧？」看得出小潘只想趕快拿回假單離開。

「神經病，這麼冷去花東幹什麼？那裡有好玩的嗎？」真真姐終於把假單丟回給小潘，口氣很酸。

這一切，周毅都看在眼裡，這已經不是他第一次看到類似狀況了，對於想要請假的業務，長官還是會准假，但嘴巴卻百般刁難，彷彿請假是多大的罪惡一樣，或許這也是很多人不想休假的原因之一。

不過看到真真姐的反應，周毅瞭解了。對於要休假的業務，長官們的內心是複雜的，因為長官必須面對來自於更高層的業績壓力，他們更沒有放假的權利。所以每當有人要請假，長官口頭上總忍不住要酸個幾句，但骨子裡其實是萬分羨慕且嫉妒的，他們只是不想看到有人比他們更快樂而已。

這群人很有錢，但不懂花錢，他們是最貧窮的守財奴。他們不是薪貧族，卻是心貧族。

『他們不知道怎麼釋放壓力，於是只好用更多的工作試圖去化解壓力。』周毅忽然覺得這樣的生活實在有點恐怖。

至於南哥，則是另外一種截然不同的典型。南哥不休長假，但每當業績結算那天，南哥會呼朋引伴找一堆人去狂歡，多數是夜店、KTV、Club；幾個長官據說偶爾還會去酒店，不過周毅至今仍然無緣一睹酒店風采。

通常這樣的聚會都在月初，因為月初領薪水，正好適合用來卸除上個月的壓力，每個月初的KTV包廂總是充斥著為了放鬆而放鬆的業務。周毅曾經去過幾次南哥的狂歡派對，男男女女都是來自於各行各業的業務，在包廂內除了喝酒唱歌還是喝酒唱歌，用酒精麻痺自己的疲憊，用嘶吼掩飾自己的脆弱，總有幾次，會看到有人喝到痛哭失聲，唱到喉嚨沙啞。

這些人可能是因為工作不順，可能是因為感情不順，畢竟在這個城市中總是不缺讓人傷心的故事，每個人都有本難念的苦水經。而最好的療癒方式，就是湊在一起取暖。

寂寞的人何其多呀，只是更多的寂寞加在一起，通常只等於更多的寂寞。

甚至有一次，大家剛進包廂沒多久，南哥就躡手躡腳從包包裡面拿出幾根菸出來，陸續分給大家。

周毅問：「這什麼？」

南哥簡單地說：「別問了，好東西就對了！」

南哥不說，周毅大概也猜得出答案，他知道大麻菸這玩意，聽說抽這玩意兒之後，會把人的情緒放大，開心的更開心，難過的會更難過，整個世界會變得慢慢的、飄飄然的。

周毅有點意外，南哥竟然需要這樣的東西。他很堅定地拒絕了南哥口中的好東西，他知道自己不需要這個。

每次到了這種聚會，周毅總不免感嘆這些天之驕子到底知不知道自己在幹嘛？業務的薪水普遍較高，這常常會讓他們有種自己是有錢人的幻覺，所以這群人多半錢來得快去得也快，一個月只要多去幾次類似的寂寞派對，薪水也耗損得差不多了。

於是，大家只好回到工作崗位上，繼續努力賺錢，然後再拿來化解揮之不去的寂寞。

當周毅坐在座位胡思亂想的時候，有個陌生婦人來辦公室找閻王，兩人在辦公室談了好久，最後只見這婦人表情落寞地走出來，花花姐和林胖子迎上前去跟婦人說了幾句話，兩人一路送她離開辦公室。

周毅認了出來，她是吳大哥的老婆，上次員工旅遊也有參加。

等花花姐回來，周毅上前小聲地問：「發生了什麼事？」

花花姐先嘆了一口氣，用她慣常的嗲聲嗲氣說：「她來幫老吳請假。」

「幫吳大哥請假？吳大哥怎麼了嗎？」周毅這才發現，尾牙之後好像好幾天都沒看到吳大哥了。

花花姐壓低聲音，小聲地說：「老吳最近情緒不穩，去醫院診斷後說有憂鬱症，醫生叫他在家休息幾天。」

周毅很訝異，一陣子沒跟吳大哥講話，他竟然不知道吳大哥出了這種事。

「怎麼會這樣？」周毅喃喃自語說。

「你那個小主人，最近鑽漏洞搶了幾家老吳的客戶，他去跟上面的反應，上面反而怪他客戶經營不力，他這人又喜歡鑽牛角尖，可能是因為這樣想不開吧！」

「該死的小黃！」周毅咒罵了一聲。

「哎！老吳這個人就是死腦筋，什麼話又悶在心裡不講出來，才會悶出病來了……。」花姐又嗲嗲的嘆了口氣。「在這裡要是看不開，不得憂鬱症才奇怪。」

聽到花花姐的話，周毅的心中忽然覺得很自責，他怪自己沒有多跟吳大哥說說話，不應該忽略吳大哥給他的求救訊號。

周毅也想通了，他不想要跟這裡的人一樣，他要有自己的人生，他決定再怎麼樣也要請假，跟女友一起出去走走。

周毅很快寫好假單，老沈不在，他直接送去給閻王。

「要請假？」閻王簡單地問。

「是！我家裡有點事。」周毅還是編了個理由。

意外地，閻王沒多問什麼，二話不說就簽了假單，他抬頭看著周毅，把假單交回給周毅。

周毅有種感覺，閻王似乎知道他的理由不是真的。

周毅轉身準備要走，閻王又叫住了他，周毅的肛門一緊，緩緩地轉過身來。「對了，一直要跟你說，尾牙弄得不錯。」然後閻王揮揮手，沒再多說什麼。離開閻王的辦公室，周毅也在心中決定，年後一定要找個時間去看看吳大哥。

35 寧為牛後不為雞首

過年後，學長打了電話過來，跟周毅約定時間見面。周毅有點意外，向來忙到神龍見首不見尾的學長，竟然主動要找他吃飯。

這天中午，周毅先到了餐廳，從上次請學長幫忙打領帶以後，兩人大概有一年多沒見面了吧！明明兩人住得很近，卻反而很少見面。

『工作真是要命呀！』周毅在心中感嘆。

等了半小時，學長才匆匆忙忙進來，周毅笑了，因為學長雖然一身勁裝打扮，但身材卻明顯發福了。

「笑屁呀你，你最近怎麼樣？」學長也笑了。

於是周毅很快地把這一年來的近況跟學長分享，他也特別提到很照顧自己的吳大哥，因為憂鬱症在家休養的事。

「哎呦，又不是菜鳥了，怎麼抗壓性會這麼低咧？」學長叫來服務生準備點菜。

聽到學長這麼說，周毅不是很高興，反擊地說：「又不是每個人都像你一樣沒神經。」

「那倒是！」學長很快地點完菜。

「無事不登三寶殿，你不會又要升官了吧？」周毅學著學長的口吻。

「我找你是有件事要問你。我要離職了，做到這個月。」學長喝了口水。

周毅的眼睛瞪得老大：「你不是才升官？怎麼會？」

「升官？一年前的事情了耶！」學長拿出名片。「我下個月要到這裡。」

周毅接過名片，上面寫著《數字周刊》，周毅往下看，職稱是廣告部經理。

「哇，你要到《數字周刊》啦，太威了！」

「他們來挖我的呀，人往高處爬嘛！」學長叫來服務生催菜。「我到這裡會帶一組人，想問你要不要過來？」

聽到這句話，周毅忽然有點反應不太過來。

「有那麼驚訝嗎？」學長又笑了。「我覺得你不錯啊，怎麼說也算是我的嫡傳弟子，過來跟師父一起打拚，我會照顧你。」

「我……我沒想過要離開耶！」周毅還是很驚訝。

「別傻了孩子，《數字周刊》在市場上規模越來越大，又不斷招兵買馬，有什麼好考慮的？」菜來了，學長很快扒了一口。「寧為牛後不為雞首呀！」

「你講反了吧，明明是寧為雞首不為牛後呀！」周毅反駁。

學長白了周毅一眼：「選校不選系你沒有聽過嗎？就好像搭飛機，選對班機比選對艙等更重要。班機對了，你才有機會從經濟艙往上升級；班機錯了，你永遠到不了目的地。」

周毅聽完學長的話，覺得好像有點道理，但他覺得現在工作好不容易上軌道了，要從穩定的舒適圈跳向一個未知數，他還是有點猶豫。

學長哼一聲：「穩定？你知道贏家集團最近狀況很糟糕嗎？各項數字都不斷往下掉，人才也不斷流失，很多菁英都已經向外發展了，留下來的只顧自己撈錢，早晚會沉船。既然如此，你又何必執著在鐵達尼號上？」

學長說完，從包包裡拿出一份資料說：「這是《數字周刊》的市場調查報告，極機密資料，你自己看看。」

周毅放下筷子，開始翻閱這份機密檔案，裡面洋洋灑灑一大堆市場調查，有閱讀率、傳閱率、讀者年齡層、印刷量，連其他競爭雜誌的資料都一應俱全。

學長在旁邊補充：「看看人家香港人做生意多細膩，要數據有數據，要證據有證據，你們拿什麼跟人家比？」

『我們只有四不一沒有。』周毅嘆了一口氣。

學長開出支票：「你來我這邊，只要我還在，我保證不用兩年你就可以升小主管。」

周毅忽然想起吳大哥曾經說過，在業務部當業務比當長官更好，因為當業務賺錢多壓力也比較小。

周毅接口說：「我沒想過升主管呀，當業務長官賺錢也沒有比較多，壓力卻更大，何必？」

學長很快把飯扒光，只見他放下筷子，正色地說：「你錯了，這年頭出來混，你的抬頭有個『理』字，你可能是個屁；抬頭連『理』字都沒有，那你就連屁都不是。我今天如果不是一個副理，《數字周刊》會來挖我嗎？你認為他會挖業務還是挖主管呢？」

學長接著說：「你能確定這輩子只做一個工作嗎？你難道不希望你下次換工作的時候，可以再更上一層樓嗎？你如果沒有向上提升的企圖心，這輩子就只能原地踏步。有多少人像你一樣的想法，等到十年後被公司裁員、資遣、或是想轉職，到了求職市場一看，你只能算是某個領域的專業職人。但很不幸的，用你的成本卻遠比一些剛出社會的菜鳥高太多了，你到時候要怎麼辦？」

學長口氣越來越嚴峻：「業務主管的薪水在帳面上或許不如他手下的金牌業務，但他掌握著權力，可以讓一個業務生，也可以讓一個業務死，你難道忘了有多少次你被長官刁難的狀況嗎？」他喝了一口水，接著說：「更何況，主管有很多收入都在你看不見的地方，你當真以為當主管會很窮嗎？」

周毅沒出聲，想到南哥曾經告訴他，公司很多長官都有不少財路，他就沒辦法反駁，他知道學長說的是事實。

學長下了結論：「當一個業務，你可以賺錢；當一個業務主管，你不僅有權，也一定會有錢，看看你那位吳大哥的處境就知道了。」

就算學長說的都沒錯，周毅還是很不喜歡學長這麼調侃吳大哥。他只是默默喝著餐後咖啡，不知道該怎麼做比較好。

學長看了看錶：「你不用今天回答我，回去想一想，多為自己想一想，我等一下還要開會，再打電話告訴我怎麼決定！」

講完話，學長就起身離開了。只留下周毅一個人，繼續在咖啡廳思考著這一切。

36 散場

跟學長聊完之後，周毅的心裡被投下了一顆震撼彈，三不五時就會天搖地晃，他開始認真思考學長提供的機會。

周毅今天起床晚了些，他有些心神不寧，可能是因為今天星期一要開業務會議，而周毅最近的業績有點低迷；也可能是因為學長的震撼彈持續在發酵，當然也可能單純只是疲倦而已。

總之，周毅覺得有點心煩意亂。

到了辦公室，一踏進門他就覺得氣氛不太對，那種不對勁的直覺又來了。幾個大長官包括三寶、副總、閻王、林胖子等人神色匆匆往外走，聽說被叫到執行長辦公室開會，進辦公室就看到幾個老人聚在一起竊竊私語，大家的臉色也不太好看。明顯到不需要猜測，也會知道有事情發生了！

周毅坐了下來，打開電腦登入Line，小茜的訊息就傳了過來：

「你聽說了嗎？」即使只是一行文字，周毅卻在其中感覺到一種急迫感。

「沒有，出了什麼事？」周毅忍不住打了一個冷顫。

只見Line了安靜了好一會兒，小茜才送來新的訊息：

「聽說吳大哥自殺了！」

看到這行字，周毅忽然覺得眼前一陣暈眩。

『**是幻覺，這一定是幻覺，怎麼可能？**』周毅努力穩定心神，又看了一次對話框，然後趕快送出一行字。

「妳不要開玩笑啦，真的不好笑！」

「我也希望這是一個玩笑……。」然後小茜送來一張哭泣的臉。

周毅覺得自己也好像隨著這張臉，扭曲在一起了。

「怎麼會這樣？那吳大哥現在……。」周毅實在不知道該怎麼問。

「聽說……人走了。」

看到這行字，周毅只覺得腦袋好像被一根大榔頭重重敲了一下，然後碎成了一片一片的。

周毅呆若木雞，他萬萬沒有想到吳大哥居然會用這麼激烈的手段，表達他對《贏家周刊》的抗議。

周毅環視四周，看到花花姐慢慢走回座位，手拿著一張面紙彷彿在拭淚。周毅二話不說就上前問：「花花姐，這是怎麼回事？怎麼會這樣？怎麼可能會這樣？」

「你也聽說了？」花花姐一把拉著周毅往樓下走。「老闆剛交代不要談這件事，我們出去講。」

沿路上，周毅很想繼續追問，但花花姐只是示意周毅再等一下，兩人就這樣走到了附近的公園，花花姐才開口：「老吳走了，昨天晚上的事！」花花姐又抹了一下眼角。

「怎麼會這樣？我都還沒去看吳大哥……。」周毅開始回想從過年前到現在的行程，先是忙尾牙，然後春節，然後開始提案、跑客戶、一直到前幾天跟學長約吃飯……。

周毅彷彿在心裡面把一筆一筆行程交代清楚，告訴吳大哥為什麼沒去看他，希望吳大哥能夠原諒自己。

「人生無常，誰想得到呢？」花花姐開始啜泣，手上的面紙已經擦不乾淚水了。「他太傻了，家裡還有小朋友，為什麼要選擇走上絕路……。」然後花花姐就再也講不下去了。

周毅有很多問題想問，但他不知道該怎麼開口，卻也更自責自己的疏忽。

只是這些，再也挽不回什麼。

兩個人就這樣坐在公園椅子上，誰也沒再開口，任由天空飄下的細雨淋在身上。

周毅回到辦公室，回到座位上看著電腦，小茜的訊息一則一則，正在螢幕上閃耀著。

「聽說吳大哥是跳樓的！」

「聽說吳大哥是因為聽到閻王準備把他的客户分配出去，受不了刺激才會這樣。」

「聽說日報記者正在追這條新聞，明天可能會見報。」

「聽說公司打算封鎖這則消息，低調處理。」

『聽說！聽說！聽說！一切都是聽說的，誰來告訴我到底是怎麼回事？』看完這些訊息，周毅只是關掉電腦，然後打電話把自己下午的行程統統取消，他想靜一靜。

於是，他走到以前習慣跟吳大哥去的路易莎咖啡，點了杯咖啡，想像著自己正在等吳大哥忙完，然後兩個人可以繼續說說笑笑，聊一些公司的八卦。這一次，周毅絕對會耐著性子，安靜地聽吳大哥抱怨長官多不公平，小黃又怎麼動他的客戶，客戶又有多難纏，公司又有哪些討人厭的閒人。

但現在的周毅，只能回想著與吳大哥一起的點點滴滴，周毅被老闆罵，周毅做到第一筆廣告，吳大哥耐心地告訴周毅關於《贏家周刊》的過往。

周毅忽然領悟，吳大哥對他做的這一切，或許只是想要換取一個能夠真心聽他說話的對象而已，但連最簡單的這一點，他都沒做到。

周毅覺得自己就像是把吳大哥推下樓的幫凶，他痛苦地把臉埋在兩手之間。

傍晚回到辦公室開業務會議，今天的會議裡閻王臉色依舊嚴峻，但口氣卻出奇的和緩，對於業績不好的同仁，也沒有窮追猛打，吳大哥的過世，意外幫大家爭取到喘口氣的機會。

報告完業務狀況之後，大家都沒有起身，只是看著閻王，總覺得直屬長官應該對這件事表個態。只見閻王站了起來，依然用和緩的口氣說：「大家應該都聽說了！沒有人希望發生這種事，我會向公司爭取協助老吳的家人，至於各位就不要想太多，該做的事還是要做。」

說完，他就離開會議室了，低調地就像不過是有人離職一樣。

過幾天，吳大哥的太太來出版社辦一些手續，順便拿走吳大哥的遺物，總經理、副總、閻王正巧都不在，最後是由林胖子和花花姐陪著吳太太。

周毅在一旁略帶歉疚地看著吳太太，只見她拿著一個環保袋，默默地把一些重要的東西裝進去。她的神情看來很平靜，或許是因為她沒有時間悲傷，或許是因為在她心中，正埋怨吳大哥把一切丟下來，讓她一個人承擔。

周毅上前，默默幫吳大嫂整理東西，她輕輕地說了聲謝謝，這也許是現在周毅唯一能幫吳大哥的一件事。但對絕大多數的業務來說，也不過就是幾天的時間，一切已經慢慢地恢復平靜，彷彿真的只是有人離職而已。

周毅覺得有點心寒。「人在人情在，人走一腳踹」，哪怕是死了都一樣。

送走了吳大嫂，周毅已經決定答應學長的邀請，到《數字周刊》任職，離開這個沒有人性的地方。

在吳大哥告別式的那一天，周毅難得再度穿上西裝外套，他已經有好一陣子沒有穿得這麼正式了。周毅從來沒有想過這一輩子第一次參加告別式，居然是要送自己在職場上的第一位老師一程。

今天的場合，《贏家周刊》來了不少人，聽說原本楊三寶不想來參加，因為覺得「晦氣」，後來被執行長指派一定要過來代表致意，只見他在一旁帶領同仁行禮，表情略顯不耐煩，周毅打從心底就看不起他；副總跟淑芬姐一起來，兩個人或許是悲歡離合見多了，只是自顧自地聊天。

閻王一如往常沒有表情，小茜聽說的事情，後來沒有人能夠證實。只見閻王站在一旁，若有所思的樣子，還是沒有人猜得到他在想什麼。

閻王看到周毅，揮手叫他過去，淡淡地說：「告別式結束後來找我，我載你回公司，我有話要跟你說。」周毅輕輕點了頭，心裡想：『**剛好等一下跟你提離職**。』然後他跑到孟文的身邊，繼續發呆看著其他同事。

跟吳大哥交情比較好的林胖子、花花姐、江姐聚在一起講話，看得出來神情很哀戚；老沈、林平和、李尚勇三個人則聚在一起抽菸，感覺起來就好像只是來應付例行公事似的。

南哥一如往常地很忙，在旁邊一直講電話，他跟吳大哥雖然是同期，但也沒什麼交情；營廣組四大金釵雖然一身黑，但還是吸引不少路人的側目，只是小鳳姐、小茜、雯雯誰也沒有說話；真真姐則帶著小潘站在一旁，真真姐像是在教小潘什麼事情一樣，心思也沒在上面。

至於把吳大哥氣出憂鬱症的小黃，像是第一次參加告別式一樣，居然白目地穿了件粉紅色外套，經旁人提醒後才塞到包包裡；另外有兩位新人，因為剛好坐在吳大哥附近，也特別過來致意，只是表情有點茫然。

屆退的雄哥也來了，跟周毅及孟文站在一起，雄哥忽然嘆了一口氣：「老吳實在太憨了，家裡還有老小要養，這麼做一點也不值得！」孟文嘆了一口氣沒接話，周毅看著雄哥，他很想問雄哥還相不相信自己說過的話，但他只是跟著嘆了一口氣。

終於，吳大哥的告別式輪到《贏家周刊》行禮了，周毅跟著大夥一起走，站在一個剛好看得到吳大哥遺照的位子。

「一鞠躬、再鞠躬、三鞠躬，家屬答禮……。」只見三寶走上去握了一下吳太太的手，她的表情還是相當平靜，兩個還在念國小的小朋友，只是安靜地看著這一切，有點不知所措的樣子。

周毅看著遺照，照片上的吳大哥笑得靦腆，好像對於要麻煩大家來送他一程有些不好意思。周毅彷彿可以聽見吳大哥笑著在他耳邊說：「以和為貴，以和為貴啦！」「工作沒有什麼適不適合的問題，只要想做，任何工作都可以做；你不想做，什麼工作都做不來。」「有問題你就問我好了，但記得，不要搶我的客戶喔。」

這條吳大哥指給周毅的路，周毅曾經以為就是自己要去的地方，但現在吳大哥已經宣布棄權了。站在人生的十字路口上，周毅雖然迷惘，但他很清楚自己已經不會照著吳大哥指的方向走。

就好像初戀，周毅不會忘記職場上第一個老師，可能也不會忘記那條兩人都沒走的路，周毅知道，天人永隔的兩人都不會走回頭了。

所以他就只是這樣看著吳大哥的照片。

很多時候我以為自己很了解你，但很多時候我也真的不知道你在想什麼。

我不喜歡這種不踏實的感覺，但我又無能為力，唉！

明天，喔不是，該說是今天，今天是你生日，我已經準備好一個驚喜要給你了。

我決定了，最起碼生日應該要開開心心的。

我喜歡你開開心心的樣子；

我想要幫你把你肩膀上的稻草拿掉，讓你不會被壓垮；

我希望自己可以幫你分擔煩惱。

明明是你生日，許願的卻是我。

我很想知道，你的願望裡會有我嗎？

她的私密日記 9

Tue Mar 9 00:16:33

作者｜ Blue（小小藍）

看板｜ Blue

標題｜ [愛情]未知

最近公司變化很大，下個月就要調部門，又要重新學習重新適應。

好煩呀！眞想丟掉一切，去開民宿算了。

中午你打來，說老闆要把新人湊成一組，打算把你升為這一組的小組長。

你問我到底是去《數字周刊》好，還是留下來當小組長好？

明明是一件令人高興的事，結果你聽起來沒有很興奮，我也沒有很開心的感覺，眞是好奇怪喔！

我其實也不知道怎麼樣比較好，這種事還是要看你呀！

我開玩笑地說兩個都不好，我們還是去買張樂透好了。

你聽到以後哈哈大笑，你也同意這是好主意。但我眞的覺得兩個選擇都差不多。

不過我心裡面，大概猜到你會選哪條路了XD。誰叫我是你肚子的蛔蟲，你騙不了我的。

我知道吳大哥的事讓你很難過，換成是我，我應該會很難過很難過吧？表面上你裝得若無其事，但我的心裡卻很擔心。

後記

從來沒想過這個故事會再版，也沒想到這個故事會有登上小螢幕的一天。

利用一個意外的颱風假，將這個故事再重新梳理了一遍，

彷彿將自己的時間調回十四年前，是一種很特別的體驗。

十四年前寫下這個故事，難免帶著一種年少的憤慨，

如今一路走來，才發現人生其實是一個又一個的修練疊加，

所謂的卡關與破關都只是一時。

《贏家周刊》已經輾轉換手，《數字周刊》也不復存在，

世界從行動網路時代轉換到ＡＩ時代，

每件事都是大事，也沒有什麼事真是大事。

如果說這些年來我學到了什麼？

要時刻對自己保持信心，
不管發生什麼事都是好事的阿Q精神，
絕不躺平的態度，
趁年輕的時候放膽衝衝看，天花板不是你的極限，天空才是！

傑洛米
2024.07.25

人物介紹

廣告部／菜鳥業務

周毅20+

菜鳥廣告業務，個性多愁善感，雖然逐漸適應職場遊戲規則，但往往陷入天人交戰的迷惘。

小潘20+

雙子座，菜鳥廣告業務，略有社會經驗，個性能言善道，也是個花花公子。

孟文20+

雙魚座，菜鳥廣告業務，周毅的同梯，嘴巴毒辣但心地善良的同志。

小黃20+

天秤座，廣告部菜鳥，周毅的小主人，性格白目，經常做出出人意表的事情，最大心願就是賺錢養家。

廣告部／老鳥業務

吳大哥40+

天秤座，周毅的第一位導師，個性善良老實，但缺點是易鑽牛角尖。性格的缺陷加上沒有抒發管道，最終導致悲劇發生。

南哥30+

獅子座，金牌業務，是個心思細膩的大老粗，與副總關係交好，是中階主管的明星接班人。

花花姐40+

處女座。已婚。講話嗲聲嗲氣的大姐，個性溫暖念舊。

廣告部／中階主管

老沈50+

金牛座。廣告部副主任，周毅的直屬長官。企圖心強烈，處事心狠手辣且絕不公平。

雄哥50+

射手座。是廣告部年資最久的中階主管，素有「萬年主任」的稱號。年少時是楊三寶的競爭對手，因不善內鬥而被高升的楊三寶冷凍，自此抱著遊戲人生的待退心態。

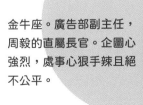

廣告部／地方業務

閻王40+

摩羯座。廣告部地方業務中心副總監，喜怒不形於色，個性較為陰沉，績效至上的實用主義者。

真真姐30+

雙子座。未婚。閻王麾下頭號大將，後榮升開發組主任，個性強悍冷靜，是典型的女強人。

廣告部／老大

林胖子50+

水瓶座。廣告部總監。太極拳高手，個性較為優柔寡斷，但不歪哥也不好色，是個本質善良的濫好人。

營廣組／組員

雯雯20+

射手座。營廣組業務，小茜的姊妹淘，性格潑辣，和南哥越走越近。

小茜20+

巨蟹座。營廣組菜鳥業務，個性溫柔體貼，與周毅保持若有似無的情愫。

營廣組／主管

小鳳姐30+

天蠍座。營廣組副主任。四大金釵之首，個性精明幹練，但容易情緒化，偶發性的歇斯底里往往讓營廣組員們吃不消。

林平和40+

獅子座已婚。營廣組主任。好色老頭，靠著總經理的庇蔭而擔任主管，又因為總經理失勢而被調離主管職位。

其他部門

李尚勇30+

天蠍座。專案組主任，法律系出身，專搶業務業績的國王人馬。

江姐40+

金牛座已婚。人事中心主任，閒來無事經常在辦公室揪團購，有「團購大姐」的稱號。

廖淑芬30+

摩羯座未婚。企畫組主任，副總經理人馬，專門企畫副總的休閒娛樂。

高階主管

楊三寶 50+

處女座。《贏家周刊》廣告部總經理，江湖人稱「楊總有三寶，逢迎、嘴砲、捅黑刀」故得其名。

副總 50+

巨蟹座已婚。楊三寶左右手，廣告部實際掌舵者，與楊三寶維持巧妙的競合關係。

周毅親友圈

學長 30+

水瓶座。周毅大學學長，個性積極幹練，被挖角到《數字周刊》擔任經理。

小藍 20+

牡羊座。周毅的女友，私密日記的作者，見證周毅的轉變。

作者簡介

傑洛米

本名陳建州。太陽雙魚，月亮雙子，常常焦慮的樂天派。左腦說理，右腦談情，總是在理性與感性之間，找尋最佳的平衡點。大部分時間都像天使一樣溫和，偶爾會露出惡魔的猙獰面目。

目前經營電商平臺VeryBuy.cc，成功從職場小白晉身成為慣老闆。

X！又是星期一/傑洛米作. -- 二版. -- 臺北市：時報文化出版企業股份有限公司, 2024.09
288 面; 14.8 X 21 公分

ISBN 978-626-396-661-1(平裝)

863.57 113011764

X ！又是星期一（原書名：我恨星期一）

作者 傑洛米｜主編 尹蘊雯｜責任編輯 王瓊苹｜責任企劃 吳美瑤｜美術設計 FE設計｜內頁設計 李宜芝｜副總編 邱憶伶｜董事長 趙政岷｜出版者 時報文化出版企業股份有限公司 108019臺北市和平西路3段240號3樓 發行專線―（02）23066842 讀者服務專線―（0800）231705・（02）23047103 讀者服務傳真―（02）23046858 郵撥―19344724 時報文化出版公司 信箱―10899臺北華江橋郵局第九九信箱 時報悅讀網―http://www.readingtimes.com.tw 電子郵件信箱―newlife@readingtimes.com.tw ｜法律顧問―理律法律事務所 陳長文律師、李念祖律師｜印刷―勁達印刷有限公司｜2版1刷―2024年9月27日｜定價―新臺幣380元（缺頁或破損的書，請寄回更換）

時報文化出版公司成立於1975年，並於1999年股票上櫃公開發行，於2008年脫離中時集團非屬旺中，以「尊重智慧與創意的文化事業」為信念。